文春文庫

浄土双六

奥山景布子

文藝春秋

もくじ

主要登場人物系図

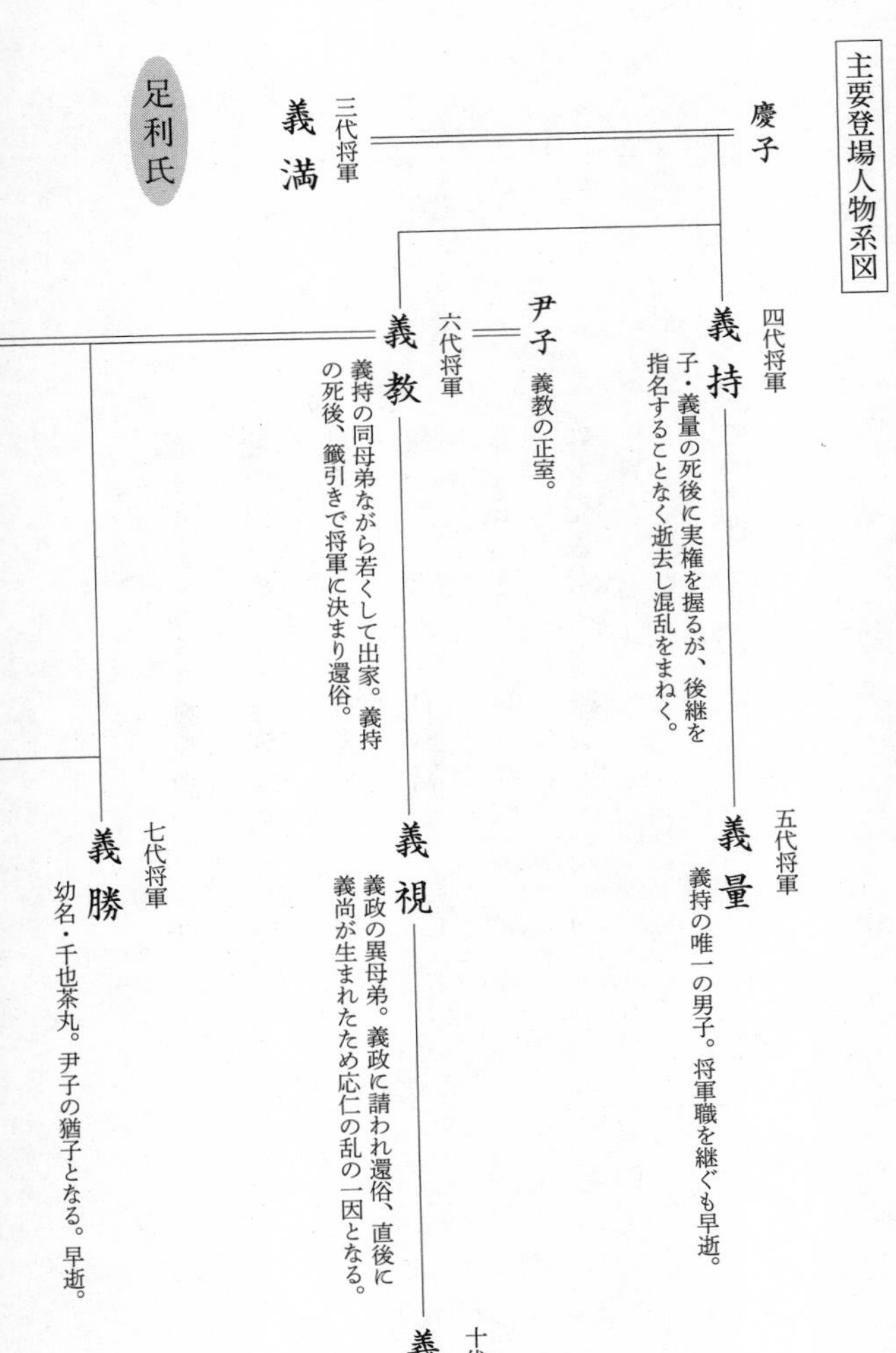

足利氏
慶子
三代将軍 義満
四代将軍 義持
子・義量の死後に実権を握るが、後継を指名することなく逝去し混乱をまねく。
五代将軍 義量
義持の唯一の男子。将軍職を継ぐも早逝。
尹子
義教の正室。
六代将軍 義教
義持の同母弟ながら若くして出家。義持の死後、籤引きで将軍に決まり還俗。
義視
義政の異母弟。義政に請われ還俗、直後に義尚が生まれたため応仁の乱の一因となる。
十代将軍 義材
七代将軍 義勝
幼名・千也茶丸。尹子の猶子となる。早逝。

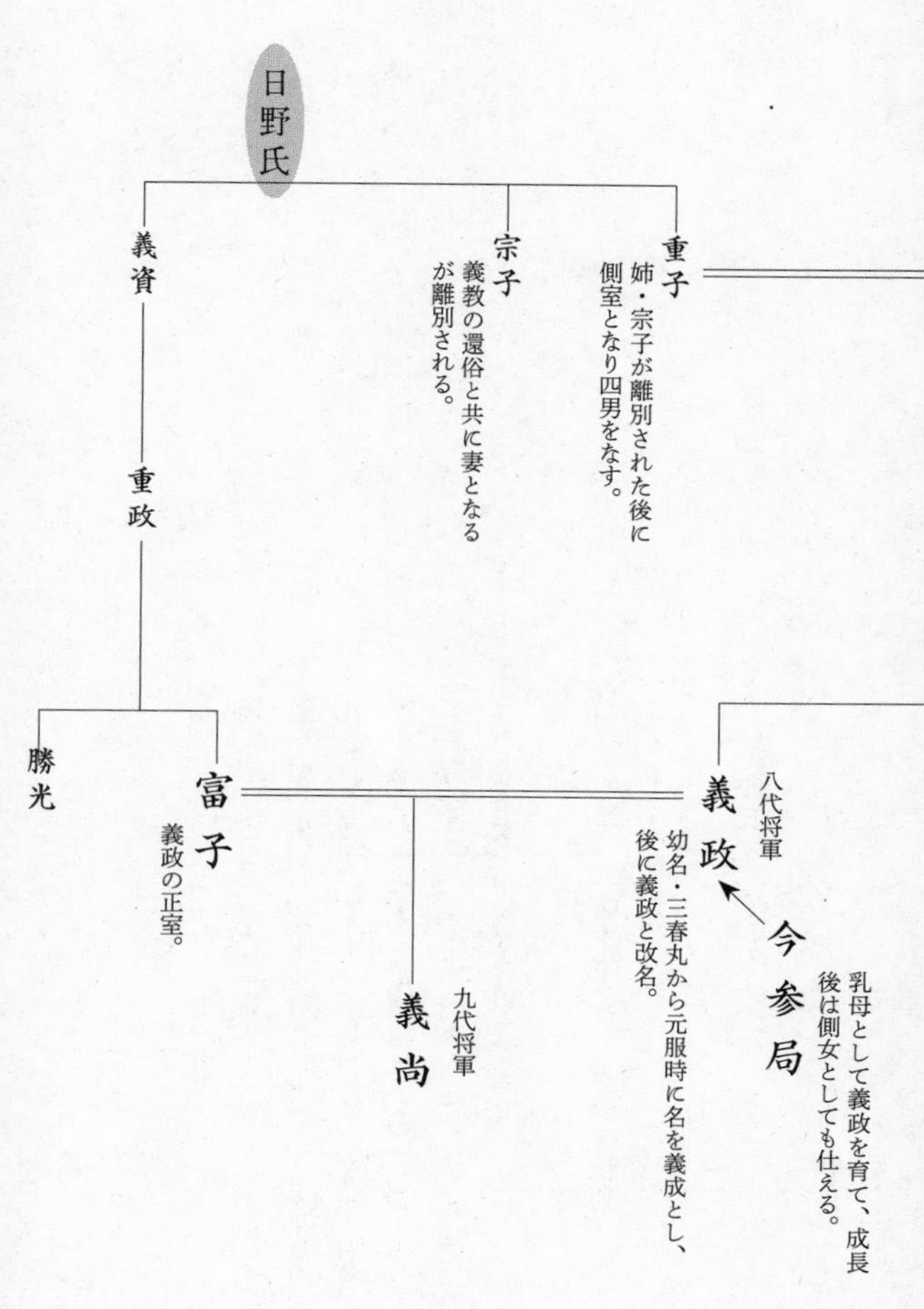
日野氏
重子
姉・宗子が離別された後に
側室となり四男をなす。
宗子
義教の還俗と共に妻となる
が離別される。
義資
重政
八代将軍
義政
幼名・三春丸から元服時に名を義成とし、
後に義政と改名。
今参局
乳母として義政を育て、成長
後は側女としても仕える。
富子
義政の正室。
勝光
九代将軍
義尚

初出
「橋を架ける男」単行本書き下ろし
「鑛を引く男」「オール讀物」二〇一一年九月号
「乳を裂く女」「オール讀物」二〇〇九年七月号
「銭を遣う女」「オール讀物」二〇一〇年七月号
「景を造る男」「オール讀物」二〇一九年十二月号
「春を売る女」単行本書き下ろし

単行本　二〇二〇年十一月　文藝春秋刊

DTP制作　エヴリ・シンク

浄土双六

仏は常にいませども　現(うつつ)ならぬぞあはれなる
人の音せぬ暁に　ほのかに夢に見えたまふ
薬師医王の浄土をば　瑠璃(るり)の浄土と名づけたり
十二の船を重ね得て　われら衆生(しゅじょう)を渡(わた)いたまへ

橋を架ける男

―願阿弥―

序

寛正元（1460）年暮れ――。

所司代の多賀清忠は、侍所でのつとめを終え、市中見回りがてら、自分の屋敷まで戻ろうとしていた。

――民の心がいっそう、荒れてきたな。

気まぐれで苛烈な政で人々を恐怖に陥れた六代将軍義教は、嘉吉元（1441）年の夏に、宴の席で惨殺された。

あれから、もう二十年近くが経つ。

今、将軍職に就いているのは義教の息子の義政だ。清忠の主君、京極持清は、この義政のもとで、二度目となる侍所司をつとめている。

義政は、義教のような苛烈なことはせぬものの、かといって善政をするでもない。いてもいなくても同じようなもの――持清あたりは、心底密かにそう侮っているようにも見える。

この秋から市中では目立って日々の糧が民の手に入りづらくなっているらしい。路上には幽鬼のごとくさまよい歩く者があふれている。

――何もできぬものだろうか。

朝廷も幕府も、ただただ手をこまねいているようで、清忠は歯がゆい思いをしていた。

四条大路にさしかかると、面妖な悲鳴が聞こえた。

「ぎゃあーっ」

駆けつけた清忠が見たのは、真新しい武家装束に身を包み、金拵えの太刀を腰に帯びた男が三人、往来する人々を手荒に押しのけて走り去っていこうとする姿であった。明らかに、今誰かが身につけていたと思しき着類や荷物などを丸抱えにしている。

――引剥ぎだな。

直感した清忠は、とっさに自分の太刀を抜き、三人の足を続けざまになぎ払った。なんとも言えぬ悲鳴を上げながら、三人の男がその場に倒れ込んだ。

「まだ日も暮れやらぬというのに、天下の大路で堂々と事に及ぶとは。しかも、かように目立つ装束で。許さぬ」

手負いの盗賊の始末を供の者たちに任せ、清忠は奪い返した着類を手に、被害に遭った者を探した。

「もし。今引剝ぎに遭った者は」

「ああ？……おおかた、そこの小路だろう」

よれよれの水干姿の男が、だらしなく座ったまま、顎で小路の入り口を示した。

――これは……。

入っていくと、裸体がうごめいていた。

一人や二人ではない。身につけているものはほんの下帯だけという姿で、何人もの人の体が積み重なっている。

「おい……」

声をかけると、一番上に倒れていた男が「うう」とだけ答えた。

「だいじょうぶか」

男を助け起こそうとして、清忠は下になっている者たちの皮膚がぐずりと崩れるのを見た。

――死屍……。

どれが生きていて、どれが死んでいるのか、一見しただけでは区別がつかぬ。

「殿」

供の者が一人、清忠を追ってきた。

「先ほどの者たち、仕置き場へ運ぶよう、下人に申しつけておきました」

「さようか、ご苦労だった。不届き者たち、何か申しておったか」

「それが……自分たちは生きている者を傷つけたわけではない。亡者（もうじゃ）から着類を奪っただけなのに、どれほどの罪になるのかと」

あまりの言い草である。

「加えて、市中にかほどに死屍があふれている方が悪い、着類も差し料ももったいない、いっしょに朽ちさせるより、引剝いででも役立てた方がよかろうとも申しておりました」

「ひどいな。ともあれ、この者はまだ息がある。なんとか助けてやろう。……ただ、確かにこの死屍の山は捨て置けぬな」

清忠はいくらか自分のつとめぶりを恥じる気持ちになった。

人の五感とは恐ろしいものだ。

もし、掃き清められた道に、一体だけ死屍があったとしたら、たとえそれが犬猫の類であっても心にかかり、取り除こうとするだろう。

ところが、片付けられぬまま、何体もの死屍が捨て置かれるうち、次第次第に「慣れて」しまうのだ、「そこに死屍がある」ということに。

清忠もそうだが、今の京の市中は、まさに誰もが「慣れて」しまっている有様だった。

よく考えれば、いや考えずとも、尋常なことではない。

「河原では、時衆の者たちが引き取り手のない死屍の埋葬をしておるようですが」

――時衆か。

清忠は河原の方へ行ってみた。

「南無阿弥陀仏、南無阿弥陀仏……」

薄闇に、念仏の声があちこちから流れてくる。僧侶たちが力車を引いてきた。

「今日はありがたいことに、炭と薪の布施があまたあったゆえ、あちらの亡骸は、荼毘に付すことにいたそう」

指図の声が聞こえ、僧侶たちは口々に念仏を唱えながら、横たえられていた死屍を手際よく火葬にしていった。

死屍の燃える炎を見ながら、清忠は僧侶の一人に話しかけた。

「卒爾ながら。某は侍所の役人で多賀と申す。こちらを指図なさっておいでの聖にお目にかかりたい」

会ってどうしよう、という算段があったわけではない。

ただ、この時節に、これだけの僧侶の先頭に立ち、また力車や炭、薪などを揃えうる人物とはいかなる者か、強く興味を惹かれたのだった。

「拙僧に、何か御用でしょうか」

願阿弥と名乗った僧侶に、清忠は率直に問うた。

「聖のなさっていることは尊いが、いったいこれらの費用は、いかに工面なさっているのか」

「すべて、人々の布施でございます」

願阿弥は、こともなげに言った。

「よくかように集まるものだ。いったい誰が出している？」

「様々な人からいただきますが、やはり多く出してくださるのは、商人ですね。……お武家さまは、あまりくださりませぬ」

返事に込められた皮肉に、清忠は思わず苦笑いをした。

その夕から、清忠は時折、願阿弥のもとを訪れるようになった。

ある日、布施を求めに和泉屋という商家へ行くというので、清忠は供としてついていくことにした。

和泉屋は、堺に拠点を置く新興の商人である。今の御台所、日野富子に取り入って、近頃、頓に羽振りが良いらしい。

「……いかがでしょう、和泉屋さま。人のためは行く末のため。御仏は必ずおわします。念仏を唱え、浄財を捧げる方の行く末には、御仏は必ず、光を掲げてくださいましょう」

「さようですなぁ。上人（しょうにん）さまの仰せのとおりかもしれませぬ。では……」

はじめは渋っていた和泉屋だったが、最後には手文庫から銭の包みを取り出し、願阿弥に手渡した。

――上手いことを言うものだな。

和泉屋の座敷から出てくると、願阿弥が薄く笑みを浮かべた。

「多賀さま、いかがです。拙僧のやり方に、何かご不審がございましたか」

「いや。不審はない。いくらか、不思議は感ずるが」

清忠は、願阿弥に問われて苦笑した。

「不思議ですか」

「うむ。いや、かように申しては語弊もあろうが、和泉屋のごとく、日々利を上げることにばかり汲々（きゅうきゅう）とする者が、よくも」

「拙僧のような乞食坊主に銭を出すことを承知する、と言いたいのですな」

「いや、まあ……」

時衆は、数ある仏の教えを伝える集団のうちでも、ある意味もっとも「布教のためなら手段を選ばぬ」者たちの集まりだ。

〝念仏さえ唱えれば往生できる〟とのわかりやすい触れ込みのみならず、自ら踊り念仏を披露したり、申楽（さるがく）などの芸能者と手を組んで勧進興行を行い、集まった金で寺や仏像を建てたりする。下々の民の、最も近くにいる出家者たちと言っていいだろう。

天台や真言、あるいは禅宗の五山などの僧侶たちには、さような時衆を「乞食」「ゆすりたかり」と呼んで忌み嫌う者もある。

時衆が進んで死屍の始末を引き受けることも、「穢れに触れる者たち」と言って嫌がられ、また恐れられるゆえんにもなっている。

事実、さっきかなりの額の金を布施に出した和泉屋でさえ、願阿弥と清忠が立ち去ると、店先に塩を撒いた。

「商人というものは、もうけてももうけても、先のことを考えると不安になる方々であるようです。そういう方には〝浄財を投げれば行く末に光が見えます〟と申し上げるのです。また、浄財はそのまま、浄罪にもなりますと」

罪を浄めるか。

このご時節にもうけている商人ならおおよそ、なんとのう後ろめたくもなるだろう。

「多賀さま。いつぞや、お武家はあまり布施をくださらぬと申し上げましたが」

「ああ、そうであったな」

「とはいえ、拙僧、こたびばかりは、武家の棟梁たるお方にぜひ、布施をお願いしようと考えております」

武家の棟梁。

「はい。どれだけ葬っても、亡骸は増えるばかり。これは、「飢人が減らぬからです」

道理である。

「どうにかして、飢人を救う手立てを講じたい。そのための布施と、小屋がけの許しとを、ぜひ公方さまからいただきたい」

「そなたの志はよく分かるが、果たしてあの公方さまが、さようなことに金を出すかな」

「出させます。必ず」

願阿弥が本当に、銭百貫文の布施と、六角堂での小屋がけの許しとを、室町幕府第八代の将軍、足利義政からもらってきたのは、それから一ヶ月ほどが経った、寛正二年の一月十九日のことであった。

一

寛正二年二月二十日――。

薄曇りの空に白浪が立ち、雪と見まごうばかりに桜の花びらが舞い落ちる。

されど、東の京、四条大路に近き辺り、六角堂の前から鴨川の河原まで、あふれんばかり群れ集まった人々には、誰一人、桜を愛でる心のゆとりを持つ者はない。

「粥を。せめて一椀でも。もう三日も何も食べておりませぬ」

女の手にある木の椀の肌は、からからに乾き、ところどころ小さくささくれだっていた。

「施行をしていると聞いて、無理をして歩いてきました。菜っ葉の汁だけでも良い。温かいものをもらえませんか」

別の男は、背中に幼子を負うている。泣く力もないのか、傍目には男子か女子かも分からぬ童は、男の背にぴたりと頰を付けたままじっと目を閉じ、まるで動かない。

「お願いします。ここへ来れば、何かもらえると聞いて」

「お上人さまの施行は、まだ続いているのでしょう」

一人、また一人……。六角堂の門前には、食べるものを求める人々が押し寄せていた。

曲がりかけた脚を引きずって歩く、土のこすれる音が、際限なく続く。

みな、目の下が落ちくぼみ、頰骨や肩の骨が浮き出て見えるほど痩せ細っている。ただ、「食べ物がある」との噂を聞いて集まってきているためであろうか、誰の目も、底の光ばかりがぎらぎらとしていた。

「願阿弥さま。いかがいたしましょう」

人々の目を受け止めかねたのだろう、若い僧侶が、こちらにすがるようなまなざしを向けてきた。

お互い墨染めの衣に身を包んでいるものの、裾も襟も垢じみ、すり切れ果てて、もしどこかで脱ごうものなら、もはや二度と衣の形には戻らぬかと思うほどのひどい姿である。

「もはや、米や粟はおろか、大根の葉さえ……」

若い僧侶は途切れることのない人の群れを見やり、ため息を吐いた。

「うむ。到底、行き渡らぬな」

願阿弥は声を絞り出すようにそう答えると、静かに目を閉じて「南無阿弥陀仏」と小さく唱え、やがてゆっくりと辺りを見渡した。

義政からの布施をもとに、願阿弥が六角堂の南に仮小屋を建て、飢餓に苦しむ人々への施しを始めたのは、二月の二日のことであった。

あれから半月。

義政から与えられた百貫文は瞬く間に費えた。

薪、炭、米、粟、大根……。どれほどかき集めてもたちまちに消え、安堵する一時とてなかった。

一方、飢えに苦しむ者も病に倒れる者もただただ増すばかり、今や六角堂を取り巻くように、生者と亡者が入り乱れ、絵解きに使う地獄絵さながらの光景が広がっている。

「やむを得ぬ。これ以上集まる民が増えると、病を広げてしまうことにもなりかねぬ」

小屋の中には、手当も行き届かず、あとは安らかな死を願うばかりの人が大勢、横たわっている。

——埋葬も急がねばならぬ。

市中のそこここに、引き取り手のない亡骸が無造作に転がされて、むごい姿を晒して いる。このままでは、京は町ごと腐り果てるであろう。

流行病で出た亡骸は、できれば火葬にした方が良いのだが、ともかく数がおびただし過ぎて、人手も薪も間に合わぬ。

「いったん、施行を止めることも考えに入れておかねばならぬな。ともかく、私はこれから、もう一度政所へ掛け合いに参る。施行を続けられるように、なんとか手立てをと、訴えてこよう」

これまでも何度も訴え出ているが、ご下賜の百貫文のあとは、いっこうに何の沙汰もない。

お上をあてにするより、堺のあたりへ回って、交易で力を付けている商人たちを頼ってみる方が良いのかも知れぬ。

「皆、心苦しかろうが、手分けして、いったんここから立ち退くようにと、人々に触れて回っておくれ」

「はい」

若い僧侶の、げっそりとやつれ、泥で汚れた頬に、涙が一筋、道を付けていく。

「先の光を見よ。諦めてはならぬ。人のためは、行く末のため。御仏は必ずおわします。良いな、決して、諦めてはならぬ」

願阿弥の言葉に、他の僧たちからも啜り泣きが漏れてきた。

「皆さま。申し訳ない。施行は、もう……」

僧侶たちが振り絞った声をかき消すように、女の悲鳴が響き渡った。

「お願いです。なんでも良いから食べるものを。でないとこの子が死んでしまう」

三つくらいだろうか、女は子どもを抱いていた。

「私はいいから。お願いします、この子にだけ、せめて」

女はそれだけ言うと、地面に倒れ込んだ。

……私はいいから。

女の声に、亡き母の声が重なる。

――何も変わらぬのか。この世は。私には、何の力もないのか。

三十年前と、今。

――御仏は、いずこにおわすのだろう。

二

「母さま。この家は、もう私たちの家ではないのですか」

「石丸。堪忍しておくれ。もうここに住むわけにはいかないのだよ」

あのとき、自分はいくつだったのだろう。

石丸こと願阿弥は、越中の生まれであった。

父は船を持ち、幾人もの漁師を束ねる者で、暮らしは豊かだった。海の幸が並ぶ日々の膳はもちろんのこと、それと引き換えに得られた財で、屋敷は潤っていた。

しかし、安穏は、長くは続かなかった。

船が嵐に遭い、乗っていた父もろとも、行き方知れずになったからである。

母は、漁師たちの家族とともに船の帰りをひたすら信じて待った。

されどしばらく経つと、父の船のものと思しき破片がいくつも港に流れ着いた。さらに、漁師の一人の亡骸がよその船に引き上げられるに至って、己の身の処し方を考えざるを得なくなったらしい。

母は家財を売り払い、他の漁師の家族たちに分け与えると、石丸を連れて越中を出た。

「都へ行きましょう。使ってくださるというから」

いかなる知己があったものか、今となっては知りようもないが、母は都で奉公をするつもりであったのだろう。

己に咎（とが）があるわけではない。とはいえ、夫の船が預かっていた、他家の大黒柱が何本も奪われたことで、越中は母にとって留まり難い土地となったのかもしれぬと、願阿弥は大人になってから、母の心中を思いやった。

子どもの足に、越路（こしじ）は辛かった。

それでもようよう、加賀から越前（えちぜん）へ抜けようという時、母が病に倒れた。

「母さま」

川のほとりの地蔵堂で、母子は身を寄せあっていた。

橋を渡って河を越えるつもりでここまで来たのに、しばらく前の大水で流されてしまったという。上流でも下流でも、ともかく河を渡るための回り道がないか、土地の人に尋ね歩いていた母だったが、やがて熱を出して動けなくなってしまった。

「母さま」

近くの茶屋でなんとか粥を分けてもらい、石丸は母のもとへ運んだが、母は「私はいいから。おまえがお食べ」と言うばかりで、口を付けようとしない。

それでもなんとか、ひと匙（さじ）ふた匙、母の口へむりやり入れて、添い寝をしていた石丸の耳に、「どおん、ばりばり……」と轟音（ごうおん）が聞こえた。

――何だろう?

狐格子（きつねごうし）の隙間から、空に稲妻が走るのが見えた。

――鰤（ぶり）起こしだ。

行き方知れずになる前に父が言っていた。冬の初めに空にとどろく、雷鳴のことだ。

……あれが鳴ったら、鰤が捕れる。稼ぐぞ。

父がいてくれたら。そうしたら、かように心細い思いをすることはなかったものを。

亡骸も上がらなかった父。石丸は心のどこかで、「生きていてくれたら」との思いが捨てきれないでいた。

隣にいる母の呼吸がどんどん浅くなっていく。

――稲妻、見えているのだろうか。

目はうつろだが、外を眺めているようにも見える。

思わず石丸は母を揺り動かしてみたが、何も言ってはくれなかった。

「母さま」

声をかけると、母の口元が小さく動きだすのが分かった。石丸は思わず口に耳を寄せた。

「わ、た、し、は、い、い、か、ら」

やがて、呼吸の音が聞こえなくなった。

――母さま?

石丸は懸命に母の体をさすった。何が起きているのか、まるで分からない。

「母さま！」

石丸の叫びを聞きつけたように、人の声がした。

「おおい。こっちだ」

「行き倒れか。なるほど、辻占(つじうら)のとおりだな」

外にばらばらと、いくたりかの人影が現れ、地蔵堂の格子が引き開けられた。

「どうする。子どももいっしょだが」

「ええ？　生きてるのか？」

「さあ……」

「死んでるなら、いっしょに埋めれば良い。ひ、ひとばしらが多いに越したことはない」

――ひとばしらってなんだろう。

石丸が考えるまもなく、鋤(すき)や鍬(くわ)を手にした男たちが、母の体を抱えて連れ去ろうとする。

何をするんだ。

そう叫んだつもりだったが、声は出なかった。

それからあとのことは、悔しいことに――いや、もしかしたら幸いなことに――石丸は覚えていない。

「そなたの母御はな、川岸に埋められたのじゃ。橋を支える、人柱としてな」

教えてくれたのは、一人残された石丸を引き取ってくれた時衆の僧、法阿弥だった。

時衆の僧は、諸国を歩き巡りては念仏札を配り、人々をあまねく仏と結縁させる。人によっては、念仏踊りなどの芸能を披露して人々の耳目を惹き、寺社や仏像の建立や修理の願いを広く訴えて、布施を集めて回ることも多い。

法阿弥によると、大水で流された橋を架ける算段をしていた里の衆たちが、辻占を行い、それによって「地蔵堂で死んでいる女を人柱にする」と決めたのだという。

「某が通りかかった時、そなたは息をしておらなんだ。里の衆は、そなたも母御といっしょに人柱として埋めようとしておった」

辻占をしようという者はまず、黄楊の櫛を持って、暮れ方の四辻に立つ。それから道祖神に祈りを捧げながら、道行く人の言葉に耳を傾ける。そうして聞こえてきた言葉の端々をつなぎ合わせ、占おうとしている事柄と照らし合わせる。

「人柱と聞いて、もしまだ息のある者を贄にしようとしているなら、なんとかして止めようと思ったのだが、残念ながら、母御の方はもうどう見ても死相に変わっておった」

母の死に顔。

石丸の覚えている最後の顔は、苦しそうだったがまだ息をしていた、と思う。

「そなたの方も、息はしていなかったのだが、不思議なことに、その時、どこからともなく、某の耳に女の声が聞こえての」

私はいいから——女の声はそう言っていたと、法阿弥は言う。

「これも辻占の続きかもしれぬと里の衆たちに告げて、そなたの顔に手を当てながら、念仏を唱えてみたら、息を吹き返した。おそらく、母御の念が通じたのであろう」

足を踏み入れかけていた三途の河から引き戻された石丸は、そのまま法阿弥に拾われ、多くの時衆の者たちとともに、やがて都へとやってきた。

「恨んではならぬぞ。里の衆たちを」

法阿弥は石丸に向かって何度も言った。

「人柱、確かにむごい。されどそなたの母は、多くの者たちの祈りを負うて、河岸に立ち続ける。尊い、橋姫になったのじゃ。さよう思うが良い」

——橋姫。

母が橋姫になったという法阿弥の言葉はそのまま、石丸——願阿弥の背負う因縁となった。

三

法阿弥の保護の元、大勢の時衆に囲まれて生い育った石丸が、そのまま僧侶となるのは自然なことであった。

　永享三（1431）年、金光寺の七条道場で石丸は得度、願阿弥の名を授かった。

　その頃、時衆の若い僧侶たちは、人々を仏に導く行の一つとして、斬首と決まった罪人たちがつながれる獄舎に赴き、破邪折伏を行っていた。己の犯した罪を悔い、念仏を唱えて後世を祈るよう、ひたすら説き歩くのだ。

　外界との人の往来を厳しく取り締まる獄卒たちも、時衆の出入りについては寛容だった。獄舎の中で生じた病者や死人を見つけて、看取りや葬礼などをするのも時衆が担っていたので、むしろ自分たちの手間が省けると考えていたのだろう。

　願阿弥もこの獄舎でのつとめに加わることになった。

「そなた、覚悟しておけよ」

　はじめて獄舎へ行く日の朝、先達の一人が願阿弥にこう声をかけた。

「五感のすべてから穢れが襲ってくる。油断せぬように。それから」

　先達はそこまで言うと声を低くした。

「中には、自分の罪状と処罰に得心せぬ者も多い。さような者から声をかけられても、あまりまともに取り合うでないぞ」

「それは、なにゆえですか」

「うむ。なんと申せば良いかな……。うっかりすると、我らが向こう側に入れられることにもなりかねぬからだ」

先達の言わんとすることは、願阿弥にもなんとのう分かった。

当代、室町幕府第六代将軍、足利義教は、三代将軍義満の子だが、幼少の頃から仏門で過ごした者だと聞く。それが、五代将軍を継いでいた義量――義教には甥にあたる――が、世嗣たり得る男子を残さぬまま亡くなったため、急遽、後継者の候補として公の場に引き戻された。

後継の候補は義教の他にも三人いた。いずれも義満の子で、四人とも既に仏門に入っていた者だという。

この四人のうちから誰が将軍になるのか――これが、石清水八幡宮の神籤で定められたというので、一時は世の語り草ともなった。

ともあれ、仏の道にいた人が、神の定めで将軍となったのだから、その治世はさぞ慈悲深かろう――というのは、まったくの期待外れであった。

将軍となって後の義教の所行は、むしろそれまでのどの将軍よりも苛烈を極めた。

庭の枝が気に入らぬ、夕餉の膳が気に入らぬと、些細なことでも厳しき沙汰を下し、所領や財を召し上げたり、京から追放したりは日常茶飯事であった。むろん、安易に斬首と決められた者も多く、獄舎で命の終わりを待つ者も、日に日に増えるばかりである。

獄舎に、自分の罪状と処罰に得心せぬ者がいるのは、至極当然と言えた。

「さような者を、救うことはできぬのですか」

「救うとは、現世において、という意味か」

「はい。もう少し、正当な裁きが受けられるよう」

「願阿弥。そなたの言うことは分かる。されど、それは残念ながら、我らの手には余る」

「……手に余る……」

「さよう。政が変われば、というのは、みな心のどこかで必ず思っていることだろう。されど、我ら時衆には、今そこまでの力はない」

先達は深々とため息を吐いた。

「我らにできるのは、人心を仏の道に導くことのみだ。それがいつか、政を変える、世を変えることにつながると信じてな」

得心できたわけではない。さりとて、若い願阿弥には、まずは目の前のつとめがあるのみだった。

「さ、良いか。出かけるぞ」

先達たちの後ろについて、囲いばかり厳(いか)めしき粗末な薄暗き小屋に足を踏み入れて、願阿弥は今日の最初に先達から言われたことの意味が分かった。

――これは。

目も耳も鼻も、確かにすべてを覆(おお)いたくなる。

汗に垢、吐瀉物、糞尿……。

死を告げられた者たちが、ありとある人の穢れにまみれながら、今日はついにこの首斬らるるか、明日こそいよいよ己の番かと、浅き眠りにのたうちつつ、低い唸りを上げながら、残り短き日を送っていた。

「念仏、唱えませい。南無阿弥陀仏、南無阿弥陀仏」

「唱えませい。南無阿弥陀仏」

時衆が声を上げると、狭き仕切りの格子から無数の指が出て来た。

刑死を前に、揺れ動く心を何にでも縋って落ち着けたいと思うのは、人の心としてはごく自然のところだろう。

僧たちはそれらの手に己の持つ数珠を触らせ、「後の世をご覧なされ。仏は必ずおわします」と説いていく。

悪行を尽くした末、己の命をまだ諦め切れぬ者。些細な罪に釣り合わぬ理不尽な罰に憤る者……。いずれにも、束の間、心に安らぎが訪れるよう、後の世、仏の道が見えるよう、祈らなければならない。

「南無阿弥陀仏、南無阿弥陀仏……」

「おい、そこの若い坊さんよ、新入りか」

念仏の響きを、強引に叩き落とそうとでもするような声だった。

「私のことですか」

声の主は、明らかに願阿弥に話しかけている。

「おうよ。おまえさん、新入りだろう。湯起請って知ってるか」

「湯起請？」

「おう。とんだ猿楽事だがな」

願阿弥が思わず耳を傾けると、獄卒が走り寄ってきた。

「これっ。何を申しておる」

獄卒は持っている六尺棒を格子の隙間からぐっと差し入れ、声の主をどんと突き転ばせた。

「黙れ。坊さんも、こんなのにかかずらわるんじゃない」

「ふん。黙るものか」

地面に転がされた男は、その姿勢のまま悠然とした顔でうそぶいた。

「なんじゃ。また儂をいずこへか移すか。ふん、ここは地獄の待合であろう。他に移せる所があるなら移してみよ。手も満足に使えず、排泄を垂れ流して死を待つ身に、もはや恐れるものなどないからの」

右の手をぼろ布でぐるぐると幾重にも巻いているのが、願阿弥の目に留まった。

「おい、若い坊主。念仏なんてつまらないことは止めて、おれの話を聞け」

「これ、止めぬか門次郎」

他の罪人とは明らかに違う、きっぱりとした物の言いようが、願阿弥の心に色濃い影となって残った。

――門次郎、というのか。

その日、寺の宿所へ戻ってくると、願阿弥は先達の中でも、獄舎の内情に通じている者に、門次郎について尋ねてみた。

「門次郎か。あれは、なかなか難物だ。公方さまから、直々に湯起請を命ぜられたほどの者だからな」

「湯起請……」

そういえば、本人もさようなことを言っていた。

「咎の疑われる者に、潔白を誓う起請文を書かせて、ぐらぐらと煮え立った釜の湯に手を入れさせ、中の小石を拾わせるという、あれでございますか」

「さよう」

火傷を負わねば無罪放免、負えば忽ち厳罰……。神意による裁きと言えば聞こえが良いようだが、願阿弥にはおよそ、政の懈怠と執政者の冷酷を表すものにしか思われない。

「まあ、残酷なものだからな。私は一度見たことがあるが、その後幾晩も悪夢でうなされたほどだった」

先達によれば、湯の煮えるごぼりごぼりという音や、釜の前に立たされた者たちの怯える顔、やがて上がる悲鳴、痛みにのたうつ声など、今でも脳裏にこびりついて消えぬほどだという。

「ただ、門次郎の場合は、やむを得まい。いかなる残酷な裁きも、斬首も、門次郎の犯した罪の非道ぶりに見合うものではないさ。八つ裂きか鋸引きにでもされれば良いのだ」

出家者とは思えぬ先達の苛烈な物言いに、願阿弥はいくらか戸惑った。

「というと」

「あやつ、捕まるまでは富裕な商人であったらしい。罪というのは、米の買い占めなのだ」

「米の買い占め？」

人殺しや放火といった罪を思い浮かべていた願阿弥には、いくらか案に相違した言葉だった。

「それだけ聞くと大罪には聞こえぬかもしれぬが、あやつのやったことは並大抵ではないぞ。悉に聞けば、幾千幾万もの人を殺めたに等しき行いだ」

先達は顔をしかめながら、門次郎の鬼畜の所行についておおよそを語って聞かせた。

「今年に入って急に、京の辺りで米が大層不足するようになったのは、そなたも存じていよう」

「ええ。それはもう」

「あの不足をもたらしたのが、門次郎なのだ。米の不足と言えば、たいていの者は干魃や洪水、蝗害など、天災による不作とばかり考えるだろう。ところが、どこの国からもさような災いがあったとは聞こえてこなかった。そこで調べてみて分かったのが、あやつらの企みだったらしい」

門次郎を始めとする商人六名が結託し、街道筋を取り締まる役人まで一味に引き入れて、物や人の往来を我が手に握っていたという。

「そうやってその六名で米を買い占め、人から集めた金まで相場につぎ込んで、人々が少なき米を求めて右往左往するのを待っていたと言うからな。その罪万死に値するのは、まあ無理もなかろう」

「相場……」

願阿弥はそういうものがあることすら知らなかったのだが、段々に教わってみると、どうやら売り買いによって物の値段が動くのを、言わば賭け事の対象にするということらしい。

民の日々の糧がさような形で動かされていることが、願阿弥にはまず驚きだったが、その仕組みを知れば知るほど、確かに門次郎たちの所行は罪深い。

「それだけじゃない。門次郎は住まいの庭に稲荷社を勧請していたらしいのだ」

「稲荷社ですか」

さような者なら、さぞ不信心だろうと思ったのに、神社の勧請とは。

「この稲荷社に多くの貢ぎ物を捧げて、飢渇祭なる神事を三度も行っていたのだそうだ」

「まさか、人々が飢え渇くようにと、祈りを捧げていたのですか」

「いやいや。それならばまだましというもの。やつらはな、表向きは〝人々の飢渇が癒えるように祈る祭をする〟と称して多くの人々を集め、賽銭や供物までまきあげていたのだ。祭にかこつけて、むしろ人々の不安を煽るような振る舞いを繰り返し、ますます米の値が上がるように仕向けていたらしい」

己で元凶を作っておいて、偽りの祭まで行うとは。

「まさに神をも恐れぬ悪行。非道もここまで至るともはや言いようもない。いかなる罰が当たろうとも申し開きはできまいよ」

確かに、罰当たりなどという生やさしい言葉では足りぬ所行だ。偽りの祈りを捧げられた稲荷社の神は、さぞ当惑なさったことだろう。

企みが顕れたのは、稲荷神の怒りのおかげに違いない。

「今あの獄舎に六名ともおるはずだ。ただ、他の五名についてはみな、湯起請で負った火傷が酷いらしく、いずれもただただ苦しみ唸っているだけだが、どういうものか門次郎ばかりは気強く、大いに図々しい口を叩きたがる。よほど性根まで悪行に染まっていると見える」

妙に自信ありげだった、きっぱりとした物言いが思い出された。

——されど湯起請は。

もし、他の五人より門次郎の火傷が浅かったのなら、それは湯起請が誤っていることになりはしまいか。

さようなことで良いのか。

「あまり、関わらぬ方が良いぞ。斬首を待ちながら、あそこまで心の動揺を見せぬ者を、私は見たことがない。進んで魔道に堕ちたい者に、我らのような未熟な修行者が関わると、道を踏み外すもとになる。ああいう者こそ折伏したいという気持ちは分からぬでもないがな」

先達は、願阿弥の思いを見透かしたように、「未熟な」にやや力を込めた。

願阿弥が再び門次郎のいる獄舎へ向かったのは、それから六日後のことだった。

「おう。新入り坊主また来たのか。とっくに還俗でもして逃げ出したのかと思ったのに」

どうやら、他の者には相手にされないらしく、ことさら願阿弥を狙うように声をかけてくる。

「湯起請など、申楽よりずっとひどい。ただの見世物だ。愚かな公方が、己の愚かさを垂れ流しているだけだ」

ごつり。

業を煮やした獄卒の一人が、仕切りの隙から棒を差し入れ、強か、門次郎の身体をどやしつけたが、それでもなお、言いつのる。

「煮え立つ湯に手を入れれば火傷を負うのは当たり前だ。何が神の裁きか」

願阿弥が近づくと、横柄な罪人は頬骨のあたりに血を滲ませながら、それでもなお何やら言おうと口を動かす。

「そなた、ずいぶん放言ではないか。愚僧が聴いてやろう。あまり大声で申すな」

苦々しげな顔のまま脇を去らぬ獄卒を気に掛けつつ、こう穏やかに言ってみると、男はにやりと黄色い歯を見せた。

「聴いてやるとは気に入らぬな」

門次郎はそう言って汚い袖で血を拭った。薄暗がりに、右頬に大きな染みがあるのが見える。四十路をいくらか過ぎた程だろうか。

「青坊主。貴様ずいぶん若いな」

黄色く濁った白目に、幾筋もの細かな血の脈が見える。

「仏の道など、早う止すことだ。神も仏も、ただ都合良う人に使われているだけではないか」

先ほどまでの大音声とは打って変わった囁き声が、かえって肚に低く、迫って聞こえる。

「朝廷にせよ幕府にせよ、今の世に大義だの正義だのありはせぬ。神も仏もないのと同様にな。金を上手に集めた者が最後には一番強くて正しい。ただそれだけよ。ま、儂はいささか手順を誤って集め過ぎたのだろう。ゆえにこうしてご神意とやらを名目に殺されるというわけだ」

格子越しに見える横顔は淡々として、口の端が動くのばかりが見える。頰の染みが小刻みに歪んで、知らず、願阿弥は眼差しを引き寄せられた。

背筋に何か、ぞわぞわとした熱い物が走るようだった。

――恐ろしい。

門次郎が、ではない。

囁かれた言葉が己の身のうちへ入って、今にももぞもぞと動き、腹中の物を食い尽くしそうだった。

「わ、分からぬことを申すな。そなた、紛れもなき罪人であろう。それに、この期に及んで神仏を一切信ぜぬというのも、辻褄の合わぬ申しようではないか。そなた、邸に稲荷神を勧請して商売をした挙げ句、人々の飢えを祈ったというではないか」

つい、強い口調で言い返してしまい、はっとした。

獄舎を訪ない、破邪折伏しようと試みる出家者は、決して相手を責めてはならぬ。そう繰り返し戒められていたものを。加えて、迂闊に問いまで重ね、相手に言葉を差し挟む隙を与えてしまうとは。

——揚げ足を取ったつもりで、愚かなことを。

まったく、「未熟な修行者」でしかない己の性根が露呈して、願阿弥は情けなく、歯がゆく思った。

門次郎はさような願阿弥の心底を見抜くように、ふふん稲荷か、と鼻で笑った。

「あのようなもの、信じてなどおらぬ。あれはな、道具じゃ」

濁った目がぎらぎらと光る。

「さよう。金を集める道具、行く末に光を見せる道具」

この目に魅せられてはならぬ。そう思うのに、門次郎の目の光は、願阿弥を捕らえて放さない。

「美々(びび)しき朱塗りの社、壮麗に建てられた寺、意味ありげなまなざしの仏の像。皆こうした物を見て、己の行く末に光があると示された気がするのじゃ。よって賽銭を出し、供物を捧げる。己が安穏でありますように、栄えますように、ってな。……神仏などな、そうやって使うものだ」

「な、何ということを」

「坊さんだって、仏で同じ事をしているのだろう。嘘も方便なぞと言い始めたのは、むしろ坊さんらの方ではないか」

いつの間に近くへ来たものか、先達の一人が願阿弥の袖を引いた。

獄卒たちが剣呑（けんのん）な顔でこちらを見ている。

「その者に近づくなと言ったはずだ」

先達が耳元で囁いた。

他の先達たちも、明らかに迷惑そうな顔でこちらを見ている。

「そなた、今日はもう良い。先に帰れ」

「はい……」

項垂（うなだ）れてその場を去っていく願阿弥の背に、また言葉が投げつけられた。

「何じゃ帰るのか。ならもう罪人の折伏などせぬことだ、若造が。儂が死んでもな、同じ事を考える者は後から後から湧く。人は金に集（たか）るように出来ておるのだ。お前たちなどの手には負えぬわ」

再び大音声となった門次郎の声が背を追って来る。

常ならばひたすら唱えつつ帰るべき念仏も、まるで声にならなかった。

四

三日後、願阿弥はまた獄舎へ向かうことになった。

――あの声を、また聞きたくない。

門次郎の仕置きが済んでいてくれれば良い。

道々、そう願っている己に気づいて、願阿弥はぞっとした。

――いかなる罪人であろうと、出家者である己が、人の死を願うとは。

懸命に念仏を唱えて獄舎に着き、門次郎に見つけられぬようにと、病者の看取りの方へ回ろうとすると、また大声が響いてきた。

「何だまた来たのか。懲りずまの坊さんたちだ。そうだ、儂が儲け方を教えてやろう」

余計なことを言って獄卒から更に棒を喰らいでもしたのか、門次郎は左目の上に青い瘤を拵え、血を滲ませていた。

「人というのはな。金のまるでない時は、目の前の、その日食べるだけのことしか思わぬ。ところがな、少し金があるとな、これで行く末をどうにか、と欲が出る。行く末に光を望む人の心ほど、付け入り易きものはない」

願阿弥だけでなく、皆がついその声に気を取られているのは、上の空になった念仏の響きで知れた。

「儂はな、もとは乞食じゃ。乞食をしておる頃はな、とりあえずその日が暮らせれば有り難いと思っておった。が、ある日を境に心持ちが変わったのじゃ」

願阿弥の足は、吸い寄せられるように門次郎の獄の前に向かっていた。袖を引いて止めようとする先達も、もう誰もいなかった。

「ふふん、また来たな。まだほんの子どものくせに、かようなことをしようとは酔狂なことだ。どうだ、儂は考えたぞ。坊さんらの念仏も使いようで金が集まる。小金のある者にな、行く末に光を見せるのじゃ。そうして、その為に今ある金を出せと説く。さすれば金は面白いように集まるぞ」

　願阿弥は黙ったまま、門次郎の顔を見据えた。

「儂が人を誘った米相場も、坊さんらの念仏も、畢竟同じじゃ。行く末に光を望ませて、今のゆとりを出させる。相場の方が、程なく結果がはっきりする分、まだ性質が良い。後生なんぞあるかなきか、生きている者に確かめる術はないからの」

　門次郎は次第に、願阿弥に説き聞かすごとき口調になってきた。

「儂が死んでも、いささか頭の回る者なら、必ず同じように考える。同じように立ち回る。金がそうさせる。行く末に光を望めば、人は必ず金を出す」

「止めぬか」

　堪らず大声を上げた先達があった。

「若い者にこれ以上世迷言を聞かせるな」

　されど、願阿弥は先達の制止に構わず、門次郎に問いかけた。

「いつから、何ゆえ、心持ちが変わったのだ」

――耳を塞（ふさ）いでいてはだめだ。

聞かなければ。この者の言うことを。

「先ほど申したではないか。ある日を境に心持ちが変わったと。それを聞かせぬか」

獄卒が棒を手ににじり寄ってきたが、願阿弥は意に介さなかった。

「ふん、さようなことを聞いて、いかがする」

言葉の終（しま）いが揺れて聞こえた。

濁った目がこちらを見た後、ほんの一瞬宙を泳いだが、それは本当に一刹那（いっせつな）のことであった。

「よし、さほど聞きたければ聞かせてやろう。……儂はな、人を殺したのだ、人を、この手で」

火傷をしていない方の手が、仕切りの格子をはしっと叩いた。

「儂に施しをくれたお大尽（だいじん）をな。綻（ほころ）び一つない衣を着た、恰幅（かっぷく）の良い商人であった。そやつ、暖かそうな懐に手を入れて、身と同じように太った銭袋を出した。無造作に口を開いてな、中の銀を幾つか摘（つま）んで、乞食をしていた儂の掌に乗せたのじゃ。ぽろぽろっと、子どもが礫（つぶて）でも落とすようにな」

ばり、と竹が割れるような音がした。門次郎が左手で格子を握りしめている。

片手とは思えぬ力に、格子が壊れてしまうのではと思われた。常ならば棒の一つもくれているはずの獄卒が、魅入られたように門次郎の顔を見つめたまま立ちつくしている。

「礼を言って、立ち去るつもりだった。すると袋の口から、中が覗いた。銀が鈍く光っておったわ。てらてらと。じゃらじゃらと。それを見た時、儂は何も考えずにその男に飛びかかっていた。夢中になって首を絞めた。よこせ、よこせ、その銭、全部よこせ、全部よこせ」

別の獄卒が走ってきて、門次郎をどすんと突いた。

「銭よこせ。全部よこせ」

地に臥してなお叫ぶ門次郎を、獄卒の棒が狂ったように突き続ける。

誰一人、何も言えず、出来ぬままだった。

ただ、痛みに呻く門次郎の目だけがぎらぎらと光り、願阿弥を射るように見ていた。

「何をしておる」

殊更勿体を付けた声が、外から聞こえてきた。

我に返った獄卒たちが皆、その声のする方へ集まって行った。

「僧たちは脇へ控えよ。次の者、獄から出よ」

どうやら、その日の斬首者が呼び出されるらしい。

「いやだ、助けてくれ。後生だ、後生ですから。助けてください。手前はうっかり樹の枝を切っただけなのに。なぜ死ななければならないんだ」

「うわぁ、ああ。ごめんなさい。もう二度とあんなことを企んだりはいたしませぬ。どうか、どうか。おっ母さま。おっ母さま」

門次郎ともう一人の商人、さらに将軍御所の庭木の枝を誤って切ったという職人、併せて三名の者が、限りの命を告げられた。

他の二人が幼子のごとく泣き叫びながら地へ座り込むのを尻目に、門次郎は身体中に付いた埃と血を左の袖でざっと拭うと、自らのっそりと立ち上がって仕切りの外へ出、辺りを一渡り見回した。

「おう。新参の坊さんよ。儂の言ったこと、忘れるな」

門次郎は他の者には目もくれず、願阿弥の顔だけを凝と見た。

「行く末に光を望めば、人は金を出す。いくらでも出す。それを使うのが頭の良い奴のやり口だ」

そう言ってにやりと笑う、門次郎の右頰の染みだけが見えた。

初めて見た時より、その染みは大きく、濃くなっているように見え、門次郎がというより、染みが笑っているようだった。

願阿弥は瞬きもせず、門次郎の眼差しを受け止めた。

身じろぎもせず、総身の力を込めて。

「行く末に、光か」

門次郎と出会ってからずっと、もぞもぞと身中でうごめいていたものが、ぴたりと腹に収まった気がした。

「息災でな」

これが、願阿弥の聞いた、門次郎の最後の言葉になった。

結

寛正二年二月二十二日。

「願阿弥さま。いかがでございました」

政所から戻った願阿弥を、若い僧侶たちが取り囲んだ。

「……無念じゃ」

願阿弥が一言そう答えると、どこからともなく、すすり泣きが聞こえ始めた。

「泣くでない」

そう言いながらも、願阿弥自身、深い敗北感に苛(さいな)まれていた。

半日近くも待たされたあげく、ようやく応対に出てきた役人に告げられたのは、「五山に施行をさせることにしたゆえ、時衆にはもう金は出せぬ。小屋は近いうちに取り去るように」との義政の意向だった。

おそらく、時衆にばかり民の人気が集まるのを恐れた他寺が、「自分たちも施行をする」と義政に申し出たのだろう。

「さようか。どうも、やりきれぬな」

「多賀さま。今日もおいでくださったのですか」

武家にもかような人があると、願阿弥に思わせてくれた人である。

「某も、いくらか知り人に呼びかけてみたのだが……。どうやら、某のような者が申しても、聖のような迫力は出ぬらしい。すまぬな」

「いいえ。多賀さまにさように申していただくことでは」

五山が施行をするというなら、任せるしかない。時衆のように素早い動きは、とうてい望めぬであろうが、まったく打ち切られるよりはましだろう。

それより、このまま、時衆の若い僧侶たちを無力感に落としてはならない。

米も粟も大根も、炭も薪も、ほどなく底をつく。

若い僧侶たちを迷わせてはならぬ。いったん施行は打ち切って、自分たちがまず生き延びる手立てを講じるように、行く末の舵を切らねばならぬ。

——見せなくては。先の光を。

誰もが、己のためだけに生きぬよう。

それが、仏の道へ導けぬままに見送った、門次郎への供養だ。我が命ある限り続けると誓った、破邪折伏だ。

それには、いかがするべきか。

目の前には、まだ埋葬できぬままの、おびただしい死屍があるばかりである。

「いかがする。これらを皆土に埋めるとなれば、おそらく河岸がすべて死屍で埋まってしまうだろう」

河岸が、すべて、死屍で。

忘れ得ぬ、幼き日の苛烈な記憶が蘇る。

――人柱。

鴨川には、古来、橋が二つ架かっていた。五条橋と四条橋である。

ところが、ここ何年も、五条橋は洪水で流失したままになっている。辛うじて往来叶う四条橋も傷みが激しく、いつ落ちても不思議はないほどの状態になっていた。

――四条から五条までの河原を死屍で埋めて。

それから、「この人柱の思いを無にせぬよう、橋を架けよう」と若い僧侶たちの志の灯（とも）を点させよう。各地を説いて回らせよう。

架橋のために寄進せよと言えば、商人も武家も、飢人への施行よりも、いくらか進んで財を出すだろう。

「みな、気を落とすでない。まずは、今ここにいる大勢の亡者を葬り、仏の縁を結ぶことだけを考えよ。どなたも人柱となり、行く末への架け橋となってくださる」

「はい……。ですがお上人さま」

若い僧侶が困った顔をした。

「穴を掘って埋葬することはなんとかできるのですが、もう卒塔婆も作れません。板が手に入りませぬ」

――卒塔婆か。

これまでの大がかりな死屍埋葬では、せめてもの供養として、一体ずつに卒塔婆を作って手向けて来たのだ。

「卒塔婆もなしで、ただ埋めるだけで良いのでしょうか。それではあまりに……」

季節は春。

次々と失せる人の命とは裏腹に、木々は少しずつ芽吹き、花を咲かせる。

宮中や御所では今日も、民の困窮にも構わず、花見だの競べ馬だの歌合だのと、娯楽に興じているのだろうか。

――そう言えば。

一月の初め頃、幾通目かの願い書を携えて、政所に赴いた時のことを思い出した。中庭に筵が敷いてあり、根をしっかり付けた小さな松が、幾本も並べられていた。

その日も長く待たされていたので、「あれは何か」と近くにいた役人に尋ねると、「子の日の小松だ」と返答があった。

野歩きをして、生えている小松を抜き、また若葉を摘んでくるという、古くから伝わる初子の宴の遊びに、武家の者たちが挙って興じていると聞いて、「のんきなものだ」と憤慨したのであったが。

「松を植えるか」

「松、でございますか。亡骸を葬った上に」

「さよう。根を張って、幹が伸びて。天にも地にも縁がつながっていく。そう思えば供養になろう」

松の根が張れば、河岸が強くなる。おびただしき人柱と常磐の松に支えられて、大水にも耐える橋が架けられるのではないか。

……私はいいから。

母さま。

私はまだ、諦めませぬ。

橋姫になった、母さまのためにも。

「みな、よく聞きなさい。埋葬が終わったら、次に我らが目指すのは、橋の勧進じゃ」

「橋の勧進……」

「さよう。五条橋を架け直す。ゆくゆくは、四条橋も修復する。人々にその旨を説いて、布施を促すのじゃ。良いな」

居並ぶ者たちからどよめきが上がった。

「人のためは、行く末のため。御仏は必ずおわします。先に光が見えまするぞ」

籤を引く男

—足利義教—

序

榊を恭(うやうや)しく捧げた巫女(みこ)が伏し目がちに引き下がると、大釜が火にかけられた。

標(しめ)の外には無数の京童(きょうわらんべ)が物見高く目を見開いているはずだが、口をきく者はない。

白髪頭の老年の者と、まだ三十路(みそじ)は越えぬと思(おぼ)しき、つややかに浅黒く日焼けした若い者。

二人の百姓男が、互いから目を逸らしつつ、そろそろと進み出て、盆の上の紙札を一つずつ取った。

役人が大仰(おおぎょう)な物腰で札をのぞき込み、白髪頭の男の方を、硯(すずり)の置いてある台の前へと押しやった。

男はぎこちない手つきで筆を取り、半紙になにやら一心に書くと役人に見せた。無表情のままうなずいた役人はその書き付けを畳んで皿に入れ、火をつけた。

炎が一瞬上がり、やがて消えた。

灰の残った皿に役人が水を注ぎ、男に向かって何か言った。

男は両手を細かく震わせながら皿をつかむと、灰混じりの水を一気に喉へ流し込んだ。咽せるのだろう、目を白黒させている。

役人は、まだ苦しげに胸を拳で叩いている男を、もうもうと湯気の上がる釜の前に引きずっていく。

後方に座った若い方の百姓が、この様子を凝と見ている。

やがて若い男の喉がぐぶりと動き、こめかみに細かな波が幾つも打った。

湯がぐらり、滾る音を立てる。

「うげっ」

顔を歪めた白髪頭の百姓は釜の中に勢いよく両腕を差し入れ、湯の中から石を取り出し、放り出した。一面、湯気で白くなり、熱い滴りがそこら中に迸る。

居並ぶ者皆の注視する中、赤く焼けた腕をだらりと下げ、男は白目を剝いて地面へ尻餅をついて倒れると、そのままひくひくと全身を痙攣させた。

「この者を奥の間へ籠めておけ。三日の間は出してはならぬ。次！」

役人の視線を受けた若い百姓は、全身をぶるぶると震わせて這いつくばり、口から泡を吹き出しながら後ずさりを始めた。

「その方。やらぬと、訴訟(くじ)はそちらの荘(しょう)の負けになるが、良いか」

若い男の付き添い人らしき者が二人、男の肩や背を摑(つか)み、しきりに何やら言っている。

「早うせぬか！」

若い男がよろよろと立ち上がった。歯の根が合わぬのか、口が半開きになったまま震えている。

誰も、口をきく者はない。

――年寄りの方の勝ちか。

吟味場を見下ろす建物の中にいた義教(よしのり)は、手許の書状に無造作に己の名を書き、判を入れた。

「今日はこれまでじゃ」

若い方が勝ったら、もう数件、吟味を続ける。

年寄りの方が勝ったら、今日の吟味はここまで。

朝、午後の吟味のうちに、湯起請(ゆぎしょう)とした件が一つあることを知った折に、決めていたことだ。

義教が徐(おもむろ)にその場を立つと、控えていた侍たちが一斉に平伏し、襖(ふすま)が音もなく開いた。

奥の私室へと続く長い廊下を、義教は淡々と歩いていった。

一

「ふん」

京の冬は唐突に忍び寄る。

火鉢に炭を入れていった侍女が、廊下へ出て安堵のため息をつく気配を、義教は鼻先で嗤った。何か咎められはせぬかと、びくびくしていたのだろう。

――幸運者め。

侍女は知るまい。義教が密かに、炭の弾ける音を数えていたことを。もし廊下へ出ぬうちに炭が四度以上鳴ったなら、哀れな侍女はその場で髪を切られ、追い出されていたところだったのだ。

――いっそ、何もかも湯起請にしてしまえ。

今度は自分がため息をつく。

火の気の生じたせいだろうか、文机に山と積まれた訴訟の文書が、すきま風で小刻みに揺れている。燈火は十分な明かりを保っていたが、これ以上文書に目を通す気には、いかにしてもなれなかった。

いくら世に恐れらるる足利六代将軍といえど、これらの訴訟沙汰をすべて湯起請に回すなどすれば、またいかなるもめ事の種になるか。それが分からぬ義教ではない。自分の座を危うくする芽は、摘めども摘めども生えてくる。

今年の二月には、いつまでも将軍の座に未練を残す分家の鎌倉公方、足利持氏をようやく自害に追い込んだばかりであった。

――どいつもこいつも面倒ばかり起こしおって。

二年前、永享九年（１４３７）に京を出奔した義教の異母弟、大覚寺門跡義昭の行方もまだ定かではない。土佐にいるらしいとの知らせはあったが、いったい何を企み、誰に匿われているのか、今のところ義教には確たる手がかりがなかった。

還俗して自分に取って代わり、将軍職を望むつもりならば、むろん何としても首を召し出さねばならぬ。

地方の有力な氏族は、たいていが一族内に家督や所領を巡る争いを燻らせている。いずれも、度重なるいくさの恩賞を巡る主家への不満に、父子兄弟、叔父甥らの相続の拗れが絡まり合ったややこしいものばかりである。

持氏や義昭らの存在は、そのややこしい現状を転覆させたいと企む者たちの気持ちを、いたずらに高ぶらせ、かき乱す。義教には迷惑極まりないものだ。

――何もかも、籤引きで決めてしまえ。所詮私は。

火箸を取り上げ、ぐさりと灰に突き立ててみる。

……さように乱暴なことを仰せになってはなりませぬ。

耳になじんだ声が聞こえた気がした。いかなる折にも取り乱さぬ、豊かな声。

「満済……」

もしまだ生きていてくれたら、今の自分を、どう宥めてくれるのだろう。

醍醐寺の座主であった三宝院満済は四年前、永享七年に亡くなってしまった。うるさいお守り役であったが、幼少から長きにわたって寺で暮らした義教にとっては、父代わりとも思える大僧正であった。

「ええい、面倒だ。なぜかように訴訟ばかり多い」

「さように仰せになってはなりませぬ。まずは双方の言い分を聞きませぬと」

「それにしても、いずれもあれこれと申して埒があかぬ。これではいかほど時があろうと一向に進まぬ。和解に至らぬものは、籤にでもいたせ」

「それは乱暴でございまする。上さまが嗤い者になりまするぞ」

「何が乱暴か。どうせ私など」

籤で決まった将軍。所詮はじめから嗤い者ではないか。

これが、義教の口癖である。

「なりませぬ。あれは亡きお兄上が身命を賭しての、神聖なる籤でございました。日頃の些事に、無闇にご神意を問うてはなりませぬ」

「しかしな」

「なりませぬ。いわば将軍は神に選ばれしお方。その将軍が丁寧に裁いてこそ、訴訟に片が付くというものでございます」

詭弁だ。

それでも、その満済の詭弁だけが、いわば義教の生きる拠り所であった。

先代の将軍義量が跡継ぎとなる男子を残さず早世したのち、将軍位はしばし空位のま

ま、先々代の将軍で、義量の父である義持が実権を握っていた。義教にとっては母を同

じうする兄である。

ほどなく義持は病に倒れ、周囲の者から幾度となく後継の指名をするよう求められた

が、その口からはついに誰の名も呼ばれることはなかった。自分が指名したところで、

大名、公家、皆からの支持がなければ将軍職は務まらぬ、というのが義持の言い分であ

ったらしい。

正論ではあったが、満済始め、側近の者は困惑した。

義持の息子は義量ただ一人であった。一方弟は、義教のほかにも同母異母含め、複数

の者が存命で、義持が指名せぬとなれば、後継者選びの混迷は明らかだった。

満済と義持との間で出された結論は、石清水八幡宮の「神籤」で決める、というもの

であった。足利家の氏神の託宣を仰ごうとの趣旨である。

義持の死後、四名の候補者により籤が引かれた。義教、三十五歳の春であった。

義教は、籤に当たったのだ。

当たった、というには、余りに事態は重すぎた。

十歳で天台の青蓮院に入り、十五歳で得度して義円と名乗った。以後、二十年の長きにわたり、出家の身として仏門に過ごしてきた。

それをいきなり、髪を伸ばせ、妻を娶れ、元服せよ、政を見よ、と言われて、困惑せぬ者があるだろうか。十二、三の男子がするような儀式を、三十五にもなって改めて一つずつさせられて、不快にならぬ者があるだろうか。

日々剃り続けてきた髪の伸びはもどかしく、散切の頭に被り物をして、髻の結えるようになるのをじりじりと待った。

慣れぬ暮らしに戸惑いつつ、法体から童、成年男子へと、俄に変わろうとする中年男の姿は、さぞ滑稽であったろう。

周りの多くの者は、従順を装いつつ、みな密かに嗤いながら見物していたに違いない。

――ふん。腐り公家どもめ。

将軍職とは、それ自体が面妖なもの、というのが、還俗したての頃、義教の率直な感想であった。

　この日の本を現実に統べ、動かしているのは、足利将軍家である。幾許かの難題火種は抱えるものの、その事実を疑う者はおそらくない。

　にもかかわらず、将軍は、朝廷からの命を受けた者でなければならない。

「従三位」だの「中納言」だの、位やら官職やらを「拝命」して、公家の秩序に組み込まれることを、拒むことはできない。

「従二位、権大納言、右近衛大将、征夷大将軍、足利どの」

　あれは確か永享二年の冬のことだ。

　朝廷から「宣下」を「頂戴」して正式に将軍となり、一年半ほど経った頃であった。

義教は「直衣始」なる儀式を行おうとしていた。

　朝廷へ出仕するには、装束に細かな決まりがある。

　中でも平服私服に位置づけられる「直衣」での出仕は、天皇から特別に許可された、一部上級側近のみに許された特権であった。

　初めて直衣での出仕を許され、それを披露する儀式が「直衣始」である。

「まず、あちらへお進みを」

　儀式の手順は細かい。将軍御所を見慣れた身には、さして広いとも思えぬ宮中の殿舎を、決められた通りの順序で、決められた通りの身振りで歩まねばならぬ。

――次は、右足か、左足か。

大臣や天皇の前で立ち止まる時の姿勢を考慮し、どの角を曲がる折にはどちらの足から踏み出した方が良い、などとまで細かに聞かされていた義教の頭の中に、少しく混乱が生じた。

前にも後ろにも、大勢の公家が並び、こちらの気配を窺(うかが)っている。

ぐらり。

足下がほんの少し、ふらついた。

はっと立て直した体勢から、義教は何事もなかったかのように右足を踏み出した。

ふふっ、と、誰かが鼻から息を吐くような音が聞こえた。隅に控えていた公家の口角が、ほんの少し上がり、ちらりと白い歯が見えた。

——嗤ったな。あやつ、嗤ったな。

冠の縛り付けられた後ろ首が、かっと熱くなってくるのが分かる。

——どいつもこいつも、澄ました顔で見ていやがる。

その日、自分の邸へ戻ってきた義教は、嗤った公家が東坊城益長(ひがしぼうじょうますなが)であることを確かめると、「儀式の風紀を乱し、侮辱した」として、益長を死罪とし、所領をすべて没収する旨、裁きを出した。

「上さま。それはいかにても乱暴な」

「何が乱暴か。満済、そなたは武家の棟梁たる将軍が、満座の中で木っ端(こっぱ)公家に侮辱されても構わぬと申すか」

「いいえ、そうは」

「では何だ。公家どもの腐った目に晒し者になる、私の苦痛が分からぬか」

投げつけられた扇が満済の頭の上をかすめ、障子を突き破って落ちた。

「御意」

豊かな声は、もはや止むなしというように響いた。

「されど、上さま」

「なんじゃ」

「ほどほどに、なさいませ。気の持ちよう一つで、人へのまなざしは、さまざま変わって見えまする」

黒衣に包まれた満済の頭を、義教は黙って見ていたが、しばらくすると、それまでとは打って変わった調子で「もうよい、下がれ」と言った。

「いや待て。死罪ではなく、蟄居に改める。……少しは、堪えてやろう」

義教がそう言うと、満済の顔に安堵の笑みが浮かんだ。こちらを包み込むような、柔らかい笑みだった。

――その後も、ずいぶん堪えてきたではないか。

済ませても済ませても湧いてくる訴訟。あちらからこちらから、読めども読めども、減るどころか溜まる一方の書状。執念く上申を繰り返す公家、武家、寺社……。

うんざりしてどうにも我慢ならなくなると、適当な訴訟を選んで湯起請を命じた。その度ごとに、満済は渋面を作りつつ、声だけは豊かに「御意」と言った。世を揺るがすほどの禍根になりそうなものは避けていたから、将軍の機嫌直しに、月に一つや二つは止むなしとでも思っていたのだろう。

湯起請の他にも、義教はしばしば心中で密かな「籤」を作っては、人の宿命に気まぐれな手を加えた。

儀式の際、役人がはじめに踏み出す足が右か左か。

新たに植えさせた木に最初に止まるのが雀か烏か。

椀の中で、実が汁に浮いているか沈んでいるか。

表向きの処罰の理由は何とでも付いた。笑ったから。枝が折れたから。不味かったから。満済はその度ごとに渋面を作ったが、何も言わなかった。

されど、豊かな声も渋面も、もう義教を諫めることはない。

満済だけではない。

四職、管領のそれぞれ頭に座し、満済とともに神籤の行く末に責を感じてくれていたらしい山名時熙も畠山満家も、自分より先に逝ってしまった。

いかなる重大事を籤で決めようと、もはや誰も自分を止めはせぬ。

侍女が入れていった炭が、ぱちり、ぱちり、二度ほど弾けた。見ると、火鉢の縁を一匹の羽虫がよろよろと歩いている。

——冬蜂……。死に後れか。

そうさな。火鉢の内にこいつが落ちたら……、まずは赤松に刺客でも差し向けるか。外に落ちたら、一色が先だ。

二

「上さま、不届きなる流言者二名、市中より引き立てて参りました」

何の気配もなきまま、声だけが直にこちらの耳に入る。

特異な鍛錬の賜物なのだろう。我が命に服従する者と知らねば、かほど不気味で恐ろしき者たちもない。

将軍職に就いて、かような間者を務める一族の存在も知った。父、義満の頃から、京の市中、あるいは諸国へと放たれているらしい。

もともと、力のある大名や寺社が、結託して不穏なことを企んでおらぬかどうかを探る為に束ねられてきた一族だが、義教はそのうちから幾人かを、市井の民の流言を探るのに当てていた。頬から下を布で巻き、笠の下から鋭く辺りに目と耳を配る彼らは、将軍を嗤うごとき言葉を吐く者がいれば、問答無用で隠密裡に義教の奥庭へ引き立てて来る。

「転がしておけ」

「御意」

義教は厚く綿の入った夜着を重ねると、奥庭に面した障子の小窓を開けた。

男が二人、手足を縛られ、猿轡をされている。

「ふん。猿轡だけ解いてやれ。言い分くらい聞いてやろう」

——かような奴ら、命乞いも見ものだ。

「わっ儂は、儂は、ただ聞いていただけで」

「こ、こいつが湯起請を知らぬというから、話して聞かせてやっただけだ」

「き、聞きたいなどと言っておらぬのに、おまえが勝手に……」

——嗤っていたのだろう。

所詮籤で決まった将軍だ、まともな裁きができぬゆえ、何でも湯起請にかけるのだ、まともな政ができぬゆえ、反乱の旗が頻々と翻るのだと。

二人の男は、障子越しの義教に向かい、必死で声を張り上げた。口から泡を飛ばし、顎を相手の方へしゃくりながら、縛られた身体を断末魔の芋虫のように蠢かしている。

ぴし。

義教は手元の扇を脇息(きょうそく)に叩きつけると、口の端を片方だけ引き上げ、二人には聞こえぬように笑うと、それからゆっくりと声を出した。

「その方(ほう)ら、名を申せ」

三太(さんた)、兵衛(ひょうえ)、と聞き出した義教は二枚の料紙にそれぞれの名を書いた。

「今からこれを火にかざす。先に燃え尽きた方は斬首(ざんしゅ)。残った方は穴掘り人足じゃ」

二人の男からは障子越し、燈火に揺らぐ将軍の影しか見えぬはずである。義教はそれを承知で、火鉢に紙をふわりと乗せた。

じり、じり、と紙の焦げる臭いが漂う。

ぼっ、と一枚に火が付いた。

「ひ、ひ、ひいいいいい」

三太と名乗った方が、喉を絞られるような声を出した。

「嗤ったな。その方！　嗤ったな」

障子を開けて走り出た義教は、手にした火箸を三太の喉へ突き立てた。じりっ、じりっと鈍い音がする。

「嗤うな！　嗤うな。……嗤うな」

肉の焦げる臭いが漂った。

三太は悲鳴も残せずに息絶えていたが、義教は喉に刺さったままの火箸を両手で握り込み、執拗に振り動かし続けている。

「嗤うな。我は将軍じゃ。将軍じゃぞ」

幾たび、そう叫びしものか。

いつしか、雨雲の流れ来たりていたらしい。冷たい霙の滴に、義教は身震いした。

眼前には火箸で喉を突かれ、滅多打ちにされた男が横たわっている。

振り向くと、もう一人の男は口からだらしなく涎を垂れたまま、気を失っていた。

「誰かある」

声を上げる。ようやく人心地が蘇ってくる。

「死屍を一つ、片付けよ。それから、この者は……」

どうしてやろうか。こいつの籤は。幸運にも、命拾いした方は。

「この者は、人足小屋へ転がしておけ」

「御意」と遠くで声がしたようだが、すぐに出てくる気配はない。皆、義教が居室へ戻るのを待っているのだろう。

かような折にあまり早く参上して、勘気の余波を被っては堪らぬと、恐れているに違いない。

声を荒らげようかと思ったが、やめにした。

義教はゆっくりと階を上がると、障子をぴしゃりと閉めた。

三

嘉吉元（１４４１）年、六月二十四日。

「このところ、珍しく宴が続きまするな」

「さようじゃ。まあ、無理もない。上さまにはお煩わしき方々が、次々と皆首級となって、都へ召し出されてきましたからの」

「しかし、義昭どのの首、薩摩はよう差し出すこと承知しましたな。だいぶん渋っていたようでしたが」

「まあ、いかに都から遠方とは申せ、あまり逆らってはお家の為になりますまい。上さまはなかなか執拗なお方でございますからな」

将軍の供奉を務める者たちが、控えの間でひそひそと言葉を交わす。襖一つ隔てた廊下からは、侍女たちの行き交う衣擦れの音が頻りに聞こえてくる。

西洞院、二条の北にある赤松満祐の邸では、将軍を招く宴の支度に家人たちが奔走していた。土用の入りというのに小雨交じりの空模様は薄ら寒くさえある。

「庭の池で鴨が子を数多産みました。水面を泳ぐさまの面白きを、ぜひお目にかけたく」というのが招待の口上であったというが、この分では池水の碧を引き立てる天の日差しは望めそうにない。

とはいえ、むろん、宴の趣意は子鴨ではない。

「子鴨と申せば、先日の春王丸、安王丸の首級は、いささか」

「うむ、哀れでしたの。持氏どのの遺児となれば、致し方ございますまいが」

「十二、三の少年の首というのは、なかなか、どうも」

九州、西国を味方につけ義教を討とうとして、結局果たせなかった義昭。

父持氏の志を継いで義教を仇と狙うには、まだ若すぎた春王、安王。

幾つもの「勝利の首級」が義教にもたらされた祝いの宴は、都の各所で幾度も行われた。

「ま、我らはせいぜい慎むといたしまするか。一色や土岐のごとき目に遭うては」

「さようさよう。赤松どのも、かくて忠誠心をお示しのご様子。本日は将軍お気に入りの観世の申楽を催さると聞いております。ご贔屓の音阿弥が数番勤めるようですし、酒肴なども、さぞ上等でしょうな」

この前年には、一色義貫や土岐持頼といった、重職を歴任し幕政の一端を担っていた者たちが、次々に勘気を被って誅殺された。

赤松家も、本来当主であるべきはずの満祐が、やはり義教の怒りに触れて謹慎中であり、今宵の宴の主を務めるのはまだ二十歳にもならぬ息子の教康である。

特に言葉を尽くしてのこたびの招きは、赤松家の殊更な恭順の意志表示であろうというのが、供奉を命ぜられた者たちのほぼ一致した認識であった。

「下の間、ご案内の刻限にて、次第によりてご着座、御願い奉る」

「上壇の間、ご案内の……」

諸大名、近習が着座してしばらくすると、義教がゆっくりと入ってきて、整えられた座に着いた。脇の座を占めるのは、お気に入りの正室尹子の兄、正親町三条実雅である。

――金覆輪か。運の良い奴だ、まあ良かろう。

綿の厚く入った絹布の上に座ろうとして、義教はちらりと床の間に目をやった。

今宵の献上の品に用意された太刀は、名品稀品とは言えぬまでも、贅を尽くした一振りと見えた。

こたびの赤松の招きを受けるかどうか、義教には迷いがあった。

赤松氏は、時によっては侍所の長まで務める幕府の重臣だが、その分、抱える訴訟も多い。また、それらを義教が裁いた折、何かにつけ執念く食い下がっては異を唱える者も、この一族には目立って多い。

一度、あまりに面倒だったので、義教は赤松の家臣を四人ばかり湯起請にかけた。うち三人は手を酷く焼かれた挙げ句、切腹したはずである。

それでいくらか懲(こ)りたろうと思ったのに、昨年にはさらなる所領争いを持ち込んだのみならず、義教の裁可に不服を申し立てた。

現在満祐が謹慎しているのは、そうした経緯(いきさつ)の末である。

義教はもう一度太刀を見た。

献上の品が何であれ、金で細工してあったら、とりあえず座ってやる。もし銀や他の塗りなら、いかに上等の物でも即刻座を立ち、引き上げる。

将軍御所から車に揺られつつ、義教はさような籤を胸の内に拵(こしら)えていたのだった。

「や、や、一献、一献……」

大酒杯(さかずき)が巡り巡る。

庭の能舞台では、篠突(しのつ)く雨に必死で逆らうように囃子(はやし)が鳴り、役者が舞っていた。

「鵜(う)の羽葺(ふ)く　今日の禊(みそぎ)ぞ神のこや……」

海女(あま)が二人、橋掛かりを上がってくる。

――三番は〈鵜羽(うのは)〉だったな。

シテの海女は自分が神の子を身ごもっていることを語り、中入りの後、己が龍女豊玉(りゅうじょとよたま)姫(ひめ)であることを明かす。

この神が火遠理命(ほおりのみこと)、すなわち山幸彦(やまさちひこ)であることを思い出した義教は、ふと妙な物思いに取りつかれた。

――兄に難題を押しつけられた弟か。私のようではないか。

山幸彦は、兄海幸彦(うみさちひこ)から借りた釣り針を海で失くす。懸命にわびるが許されず、どうしても探し出して返せと厳命された弟は、途方に暮れて大海を彷徨(さまよ)う。子細を知り、魚たちを集めて針を見つけてやったのが豊玉姫の父である海神だ。

豊玉姫と結婚してしばし、穏やかな日々を送った山幸彦だが、やはり一度は兄の元へ戻ろうと決める。旅立ちの折、餞別(せんべつ)として、舅(しゅうと)となった海神から、潮の満ち引きを自在に操る宝玉を授けられ、そのおかげで、兄を服従させることに成功する。

――ふん。私にはさような宝玉などない。

あるのはただ、籤ばかりだ。そうして未だに、亡き兄にがんじがらめにされているとしか思えぬ。

嫌な気がした。

内々で好みの曲を伝えた中に、なぜこれを入れてしまったのか。

それより、なぜ、以前にも幾度か演じさせていたにもかかわらず、この曲のかような背景に気づかずにいたのか。

そうして、なぜ今更、かようなことが気になるのか。

善法寺宋清(ぜんぽうじそうせい)から、よけいなことを聞いてしまったせいかもしれなかった。

宋清は僧籍の者だが、長らく石清水八幡宮の社務を司(つかさど)っている。その縁で、二十日前、宋清からも今日の赤松と同様、祝宴の招きがあった。

「上さまは、やはり優れたご武運の持ち主でおいでになる。かくまで首級が揃うからには、ご治世の繁栄は、必ずや兄君を越えられましょう」

曇天が地を押し込めるがごとき、蒸し暑い日だった。宋清の命で、義教の両脇には大きな唐風の扇を持った侍女が控え、こわばった顔でひたすら腕を動かし続けていた。僧侶にしては愛想の良すぎるつるりとした頭が、酒杯を幾度も捧げながら上目遣いにこちらを見た。

「今思えば、上さまのめでたき御宿世（おんすくせ）が、兄君さまのご未練な願いをお却（しりぞ）けになったのかもしれませぬ」

「未練な、願い？」

「さようです。己の病篤（あつ）しきを知りながら、まだ男子ご誕生に望みをかけて、いつまでも後継をご指名にならぬなど」

「男子誕生……。さようなことを、兄上は」

「こだわっておいでだったのですよ、以前の神籤に」

宋清が話したところによると、それは今から十五年前のことだったらしい。

兄の実子で、一度は将軍職を継いだ義量が亡くなった後、兄義持の強い希望で、石清水八幡宮で「この後、男子が授かるか」の神籤が行われた。

籤の結果は「諾」であり、その夜、社に参籠した義持は、男子誕生の夢告まで得たという。

「されど、神籤が真に選んだのは今ここにおいでの上さま。やはり、御宿世、ご武運、いずれも優れておいでになるのでございましょうよ」

 こともなげに言った宋清は、己が実は危うく命拾いをしたことに、まるで気づいていなかった。義教が日ごろの冷静さを保っていたならば、かように余計なことを耳に入れた宋清に対し、何らか処罰を考える籤を拵えていただろう。

されどその時は、宋清への仕打ちを考えることなど思いつかぬほどの大きな波紋が、義教の心底に生じていた。

――神籤が、矛盾しているではないか。

兄に男子が授かると啓示した籤。

自分が将軍になるべきだと啓示した籤。

前者は誤で、後者は正。だから義教の宿世はめでたい。

宋清はいとも容易く、そう片付けたが。

されど、いずれも、石清水八幡の神が示した途だ。

一つは誤で、一つは正。

神籤とは所詮そんなものか。皆そう思っているということか。自分はそんなもので将軍の座に就いたのか。

やはり、そんなものか。

神が示したから正しいのではない。

後の結果から見て符合するものだけが、後から正しく見えるだけだ。

ならば、今の私は。私は。

いやいや、さようなこと、所詮自分でも分かっていたことではないか。

そんなものだ。そんなものだ。

宋清の催した宴以来、義教の胸の内には、静まることを知らぬ波紋が渦となっている。

「……神の禊のまつりごと　直(すぐ)なる御代(みよ)に跡垂れて……」

ツレの海女と、ワキの廷臣が掛け合いを始めた。

――何が、神の禊のまつりごとか。

胸の内の渦が、吹き上がる途を欲して、勢いを増していく。

次の掛け合いが終わると、ツレとワキはそれぞれ立ち位置を変えるはずだ。

――寸時でも呼吸がずれたら。

何もかも、即座に中止させてやる。

世阿弥(ぜあみ)のごとく、佐渡へでも流罪にするか。それとも。

ツレの足が止まったのと、ワキが座ったのは、ぴたりと同じ呼吸だった。

「さあさ、将軍、四献でございます」

四度目の大杯が回ってきた。

──ふん。運の良い奴らめ。

雨がいっそう、しとしとと降り募っている。

四

「みどもは、なにぃとぞぉ、もう、ふぉ容赦をば」

隣に座する三条実雅は、かなり酔いが回っているらしい。

妹の尹子によく似たすべてに小作りな顔が、女のように細い首筋まで真っ赤に染まっている。返杯を形だけ許すと、義教は自分の杯をぐっと空けた。

例外もあるが、総じて武家の者たちの方が、公家よりも酒が強い。足利将軍家も代々、皆ほぼ大酒飲みである。

飲んでも酔わぬからと言って、身体に毒が溜まらぬわけではない。むしろ、その分増えやすい酒量は、しばしば将軍家の血を引く者の命を縮めてきた。兄の実子、義量が早死にしたのも、やはり酒毒のせいと言われている。

──義量が短命だったのは、神意か。それとも。

ほとんど口をきいたことも無かった甥。

彼が生きていれば、今も自分は青蓮院で僧体のままだったはずだ。

兄義持は、義教より八歳年長だった。母も同じなので、他の兄弟たちよりは親しみがあろうと傍からは思われるかもしれぬが、さようなことはまるでない。

あれは幾つの頃だったろう。

「母上。母上。泣いてはなりませぬ。私がおります。義持が、必ず母上を守ります」

「義持。そなただけが頼り。この母は、そなたが無（の）うては」

義教の記憶において、母はいつも泣いて臥せってばかりの女であった。

そして、褥（しとね）の傍ら、母の一番近くにいてその手を握っていたのはいつも兄で、義教はと言えば、乳母（めのと）の膝の前から二人を見ているだけだった。

「母さま」

「ああ、この幼い子もあるというのに。この母はいったい」

おずおずと義教が母の褥に寄っていくと、母はこちらの顔をちらりと見てはいっそうさめざめと泣き、また兄を相手にかきくどく。

いつしか義教は二人の側へ近づくのをやめた。

父義満が、母を全く顧（かえり）みなくなったのは、義教が産まれてすぐのことだったと聞く。

正室、側室、数多いる女の中で、男子を二人まで産みながら、たとえ寸時でも、病床を見舞ってさえもらえぬ身の憂さに、母は耐えがたかったのだろう。

――女とは哀れなものだ。それに、醜い。

男にすがりつくしか、生きる術のない生き物である。

あれは、籤に当たった夜のことだった。

日野義資の邸で、床に就いて今後の我が行く末を案じていると、突然誰かが忍び入ってくる気配があった。

衣擦れの気配は、どうやら女である。

「夜伽をと……」

義資の妹、宗子だった。

突然でもあり、また未だ自分は僧侶であるとの思いがあったから、何ともそぐわぬ気がしたが、気づけば襖の向こうには、何もかも承知らしき侍女らの気配もあり、とりあえず添い寝を許した。

この夜のこと、そして翌晩のことは、思い出したくもない。

何の躊躇いもなく、宗子は褥に滑り入ると、義教の右側にひたと身体を添わせて横たわった。単の衣を通して伝わる感触に、義教は戸惑った。

女体との交わりについて知らぬではない。ただ、押しつけられた生暖かい肉感は、かえって男の芯を冷えさせた。

引き開けられるのを待っているに違いない女の衣の襟が、緩く波を打っている。指一本たりと触れる気にもならぬまま、凝(じっ)と薄闇に目を凝(こ)らしていると、宗子は義教の手を取り、懐へ引き入れた。

直に触れた生暖かさに何の興趣(きょうしゅ)も湧かぬまま、胸乳(むなぢ)を形ばかりつかんだ義教は、おざなりに腰を起こしてみて、途方に暮れた。

心用意もない折からか、身体は男の用を為さなかった。

いかに乳房を口に含み、女の秘所の湿りを幾度指で確かめようと、己の身体はますます冷えるばかりだった。

宗子もいつしか静かになり、しらじらと明けた夜とともに、逃げるように姿を消した。

翌日、膳に鰻(うなぎ)が饗(きょう)された。

「何だ、これは……」

思わず苦笑が漏れた。

されど、昨晩の不首尾が邸の奥向きで伝えられたゆえの食膳であるに違いないと思い至ると、一転、膳に奉仕する者たちが皆、心底密かに自分を嗤っているように見え、酷く不快になった。

「いらぬ。食が進まぬ。湯漬だけ持て」

ばたばたと膳が片付けられるのを見ながら、ふと頭に手をやると、二日剃刀(かみそり)を入れぬ髪の、つくつくとした手触りが異様だった。

その晩は、誰にどう仕込まれてきたものか、宗子は仰向けのままの義教の上に豊満な身体を開き据えると、手指や乳房、口をせわしなく動かして男の身体を支配し、物理的な刺激を与えた。そうして、辛うじて屹立(きつりつ)しかけた男の徴(しるし)を己の手で導き、義教の腰を手でとらえる形を取った。

そのあまりの性急さに、義教は驚いて起き上がり、その勢いで宗子を反対に組み敷いた。両腕を押さえつけてのしかかり、すぐに果てた。

乱暴で呆気(あっけ)ない閨(ねや)であった。身体を突き動かしたのは、情欲というより、怒りであった。

薄暗がりの中、眼前に押しつけられるようにこんもりと盛り上がった宗子の乳房は、汚(けが)らわしいものにしか見えず、加えて、己の体内で男が果てたのを確かめるようにしながら、小さく安堵の息を漏らしていた女の様子を、義教はいつまでも忘れることができなかった。

その後、宗子は義教の正室となったが、義教は宗子が褥へ来る度、思わずその首へ手をかけ、力のままに縊(くび)ってしまいたい衝動を抑えきれず、その身体をついつい手荒に扱った。

——このままでは、いつか殺してしまう。

豊満にこぼれる乳房、重みのある下肢、弾むように動く腰――何もかもが義教の嫌悪を夜ごとに募らせ、結局、強引に離別した。

日野家へは、代わりに宗子の妹重子(しげこ)を側室とすることで折り合いをつけた。以後、義教の正室は三条尹子である。

――女が孕(はら)むのも、籤か。

こちらの心持ちで言えば、尹子にこそ子が欲しいところであった。

尹子は媚(こび)のない少年のような瞳と、平たく滑らかな身体の持ち主である。同衾(どうきん)していると、まるで唐渡りの華奢(きやしゃ)な青磁の花入れでも己の身体で抱いて温めている気がしてきて、えもいわれず幽(かそけ)き風情になる。お気に入りの妻だが、残念ながらいつまで経っても身籠もる気配はない。

一方の重子は、姉の宗子を身体、心、すべてに鈍(にぶ)くしたような、つまらぬ女であった。閨では凝と大人しくしているだけで何の興趣もなかった代わり、いかなる因果かよく身籠もって、男子を四人も産んでいる。本来ならもっと丁重に扱ってやるべきなのだろうが、到底その気にはなれなかった。

はじめの頃は、うるさいことを言わぬので面倒がなくていいと思っていたが、やがて、それは生来の性質なのではなく、姉と通じた上での取り繕いなのではないかとの疑いが生じてきた。

姉妹で自分の閨をあれこれ取り沙汰しているに違いない。そう思うと、重子の鈍重さは義教の嗜虐を煽った。

――まあ向こうでは、髪削がれぬだけ、ましと思っているかもしれぬな。

義教は宗子や重子の侍女を幾人も、尼にして追い出している。そのせいかあらぬか、重子はこの数年、病床に臥せりがちだった。

――ああ、ゆえにか。

昨冬対面した重子腹の次男のことを思い出した。

このまま尹子に子ができなければ、あの鈍重な重子の産んだ長男が自分の跡取りということになる。やむを得ぬが癪に障ると考えた義教は一計を講じ、その子千也茶丸を、尹子の猶子ということにした。節目となる儀式では尹子が母として上席に着いている。

これで子についての処置は済んだ気がし、後は見向きもせずに放置しておいたら、次男の養育を担っている烏丸資任から再々、正式な対面を申し入れてきたのだった。

「三春にございまする」

室町第から尹子の実家である三条第へ出向く途中、立ち寄った烏丸の邸で、きらびやかな装束に埋もれた少年が姿を見せ、小さな声で父に挨拶をした。

まだ烏帽子も置かぬ頭を懸命に下げ、細く震える声で口上を述べようとする息子の姿は、言いようのない苛立ちを義教にもたらした。

「聞こえぬ」

糊のきいた童の装束がさりと音を立て、少年のこめかみがぴくりと動いた。

「父には聞こえぬぞ。はじめから申せ」

――ほれ、仕込まれたとおり、しゃべってみよ。

三度以上吃ったら席を立つぞ。涙なぞこぼしたなら、卓をひっくり返してやる。

「み、三春に、ご、ござりまする。ちっ、ち、父上には、ご……」

扇を脇息に叩きつけようかと思った刹那、ふと、開け放った廊下に控えている一人の女の様子が目にとまった。平伏してはいるが、肩から背にかけて、震えを必死に堪えようと総身に力を籠めている気配が見て取れた。

――あれが、噂の乳母か。

次男の乳母が近頃評判の遣り手であるとは、義教の耳にも入っていた。長男に負けぬ養育をと、烏丸の尻を叩くようにして人や物を熱心に集めているという。

父との晴れの対面に若君が失態を犯さぬか、祈る思いで見守っているのだろう。

「うむ。ま、良かろう」

――ふん。幸運者め。

仕込む方も仕込まれる方も、せいぜい、うまくやることだ。

それっきり、次男とは一度も対面の機会はない。

結

　笛の音が一際高く響き渡り、義教を来し方への苦い思いから引き戻した。

舞台の正面で、切れ長の目をした女の面（おもて）がこちらに向き直った。鼓が高く鳴り続き、なお止まぬ雨の中、シテが橋掛かりを降りていく。

「……海上（かいしょう）に立って失せにけり　海上に立ちて失せにけり」

　中入り、アイが出て来て、鵜戸の岩屋の謂（い）われを語り始めるはずである。

「実雅。何か、物音がせぬか」

　固く重き物が頻りにぶつかり合うような音を聞いた気がして、義教は呟いた。

「ふぁて。いかに。……くゎみなりでしゅかな、あめが」

　酔った実雅の間延びした答えが終わらぬうちに、義教の背後、附書院（つけしょいん）の明かり障子が破（や）れんばかりの勢いで引き開けられた。

「お覚悟！」

　甲冑（かっちゅう）姿の武者がずらりと居並ぶ。

　怒号と悲鳴の中、義教は瞬時に成り行きを悟った。

　赤松は自分を討つつもりで宴を催したのだ。

脇では実雅がよろけながら献上品の太刀を取ろうとしているが、したたか酔い加減の公家の細腕、間に合おうはずもない。

実雅がようよう太刀を抜こうとしている。鍔の覆輪が白く光った。

——金じゃない……？

灯りのせいで見間違えていたらしい。どうやら銀の象眼である。

義教は己をあざ笑った。

——私の籤は。

今日は、ここへ座ってはいけなかったのだ。

首筋に迫る刃の冷気を、義教は目をかっと見開いて受け止めた。

乳を裂く女　―今参局―

序

――行く先が、変わった……。

駕輿丁（かよちょう）の交代のためにしては妙に長すぎる小休止の後、輿（こし）は再び動き出した。

ささくれた竹の編み目から見える湖西の山々の稜線が、先ほどとは異なっている。

亥万（いま）は、自分を乗せた罪人輿（ざいにんごし）の向かう先が、急遽（きゅうきょ）変えられたらしいのを感じ取っていた。

――沖之島ではないのか。

流刑の地は、いずこに定められたのか。

すでに四十路（よそじ）も越えた春に、かような宿命（さだめ）が待ち受けていようとは。

いきなりの沙汰（さた）で御所を追われ、大館持房（おおだちもちふさ）邸の離れで身を潜めることになったのが五日前。亥万にとっては実家(さと)方の宗家の当主でもあり、従兄でもある持房は、亥万にかけられたあらぬ嫌疑を晴らさんと、繰り返し上さま――足利義政(あしかがよしまさ)――に訴え出てくれた。

「おそらくあの日野(ひの)家の女狐どもが、何か企(たくら)んだに違いないのじゃ」

日野家の女狐。義政の生母重子(しげこ)、正室の富子(とみこ)はいずれも日野家の出である。富子から見れば、重子は大叔母にあたる。

「いかに風向き変わり易(やす)き上さまとて、二十余年の長きにわたり、御身離れずお仕えしてきたお今局(いまのつぼね)を、かくも理不尽に罰したりはなさるまい」

持房はそう言って憤然と御所へ出向いたが、上さまは再吟味をお考え下さるどころか、近江に浮かぶ沖之島への流罪を早々と決し、侍所(さむらいどころ)の者を遣わして亥万の身をこの罪人輿に押し込め、都から追放した。

罪人輿は人を後ろ向きに乗せる。進む将来(さき)はないとのことなのだろう。

竹の編み目の遥かかなた、微(かす)かに輝きを見せていた湖水が前へ前へと遠ざかり、視界から消えていった。

――私が、何をしたと。

身じろぎも思うに任せぬ輿の内では、膝も背中もじわじわと痛み続ける。

輿の揺れに身を弄(もてあそ)ばれながら、亥万はじりじりと少しずつ姿勢を変えては、悪夢の因果を考えた。

――上さま。

ずっとお側にと、お約束申し上げたではありませぬか。

一

永享七（１４３５）年、暮れ。

十七歳の亥万は、病床で無為の日々を送っていた。

父、大館満冬の計らいもあり、目出度く良縁に巡り会ったはずだった。

されど、所用で都を離れた夫は旅先で呆気なく病死してしまった。加えて、形見と思って産みし子も、三箇月と経たぬうちに高熱を発して苦しみ、命を落とした。

――もはや我が身は、この世に無用の者だ。

夫も子も失って、どうして生きていかれよう。

子が亡くなっても乳が張って痛むのが、亥万には辛いことであった。その乳を糧とする子があればこそ、喜んで耐える痛みであろう。さもあらぬ身には、己の無用をいっそう思い知らされるだけである。

――胸の痛みで死ねたら良いのに。

亥万の思いをよそに、侍女はどういうわけか、日々丁寧に亥万の身体を清め、乳を搾る。次の間に常に侍女が控える病床にあっては、身は人に委ねているしかなかった。

「亥万。具合はどうか。早う、力を付けるのじゃ」

久方振りに見舞ってくれた満冬は、にこやかにそう言った。

父は、亥万の心にはまるでそぐわぬ、晴れがましい報せを携えていた。

もうすぐお生まれになる将軍家の御子の乳母（めのと）として、ご奉公に上がれというのである。

「亥万。良いか。身体を養生し、十分に乳の出る身体を保て。お生まれになる和子（わこ）さまが若君にせよ、姫君にせよ、上さまの御子に乳母としてお仕え叶うのは、得難き誉（ほま）れじゃ。畏れ多いことながら、和子さまを逝（い）にし子の代わり、いやそれ以上に思うて、心より、お仕えいたせ」

今更ご奉公などと、亥万にはおよそ現実（うつつ）とは思われなかったが、父の命は絶対である。

翌、永享八年正月。

「大館の娘、亥万。御前（おまえ）に」

御産所で控えていた亥万は、生まれたばかりの赤子を懐にした。

大きな泣き声で小さな手足をばたつかせる、温かく柔らかい塊。

男子であった。

乳を含ませる。小さな口が湿った乳首を探り当て、ようやく主を得た乳房が十二分の乳をほとばしらせると、この世で最初の糧を口にした赤子は、すやすやと眠りに落ちた。

赤子の温みが胸乳(むなぢ)に浸む。亥万の目に、熱いものがこみ上げた。

――このお方を。このお方を、一生。

三春丸(みつはるまる)と名付けられた若君を主といただき、亥万の新しい暮らしが始まった。

若君の御所は烏丸第(からすまだい)、烏丸資任(すけとう)の邸に定められた。

本来ならば生母である大方(おおかた)どの、日野重子の実家が養育にあたるべきであろうが、その頃重子は父も兄も亡くしていた。資任は重子の従弟にあたる。

若君の父上である当代の上さま、足利義教(よしのり)の周りには、やんごとなきお方の常で多くの女子が配されている。ただ、常とは大きく異なるのは、女たちの前には、互いに妍(けん)を競うこと以上に、ひたすら心を砕き続けねばならぬ大事が存していることだった。

――何よりも、上さまのご機嫌を損ねぬよう。

――お怒りに触れれば、どのような目に遭わさるるか分からぬ。

女たち、いや、上さまに接する者は皆、そう思っていた。

公家、武家、僧侶、妻妾、侍女。果ては包丁人や庭の仕丁(じちょう)に至るまで、「儀式の最中に歯を見せた」「献上した梅枝(うめがえ)がすぐに折れた」などのおよそ取るに足らぬ理由で、執拗(しつよう)に咎(とが)められ、処罰された。財の召し上げは言うに及ばず、時として命の召し上げにまで至る、苛烈な目に遭わされることも珍しくなかったのである。

日野家を実家に持つ、若君の母上、大方どのも例外ではなかった。

若君が生まれる二年前の永享六年、重子は若君の兄君である千也茶丸(せんやちゃまる)さまを産んだ。上さまご嫡男のお生まれと、誰もが認める慶事のはずであった。

ところが上さまは、その日に日野家を訪れた祝い客が誰であったか悉(つぶさ)に調べさせると、一人も漏らさず罰したのである。

理由は、日野家の当主で重子の兄、日野義資(よしすけ)にあった。義資はその頃、上さまの御不興(ごふきょう)を蒙(こうむ)って蟄居(ちっきょ)中であった。そこへ多くの者が訪れたと知って、上さまは喜ぶより、己が軽んじられたと考えたらしい。

「自分に遠慮して逼塞(ひっそく)している者の住まいに、賀(が)の訪(おと)ないをするとは何事か」というのである。

上さまのお怒りは甚だしく、折檻(せっかん)に加えて所領や家までも召し上げの沙汰を次々に出した。死に追いやられた者も一人や二人ではなかった。

重ねて、上さまは生まれたばかりの千也茶丸さまを即刻、正親町(おおぎまち)どの、三条尹子(ただこ)の猶子(ゆうし)とした。

正親町どのは上さまのご正室、一方の大方どのはご側室だから、ご嫡男の出自に箔を付けたと言えば聞こえは良いが、日野家を実家とする生母が存命にもかかわらず断行された猶子のお定めに、大方どのの心がどれほど乱れたか、察するに余りあった。

それからさして時も経たぬうちに、義資が自邸で誰とも知れぬ賊に殺されるという変事までもが起きた。

上さまの密命だったのではとの噂もあったが、無論、定かではない。

三春丸さまはその二年後にお生まれになった男君である。千也茶丸さまに続いての男子誕生は将軍家の慶事と一応喜ばれたが、諸儀式などはごく簡素だった。

参上程なく、若君を取り巻く複雑な糸についての知識を得た亥万は、若君に辛き目を見せぬためにはいかがすべきか、常にそれを第一に考えていた。幸い、養育の責を担う烏丸資任は、日野家に連なる者ではありながら、上さまの覚えも悪くなく、家政も豊かであった。

兄君の千也茶丸さまが、武芸の他に、詩歌管絃、書画、蹴鞠など、公家風の教養もお修めであると聞いた亥万は、それぞれに長けた人物を烏丸第に招くよう資任に頼んだ。いずれもまだ早すぎるのではと苦笑する資任に、亥万はさような人々と接するだけでも若君の為になると主張して譲らなかった。乳母どののお気が済むならと資任が相応の人物を邸に招くと、幼い若君の傍らで、亥万は自らもそれらを習い、小さな手足の動きを助けた。

若君は言われるまま素直に学んでいたが、武芸よりは、和歌や蹴鞠がお心に沿う様子である。

「大きな声では申せませぬが……ご気性がお父上には似ず、お優しくておいでなのでしょう。その分お道具などのお好みはおやかましうて」

花鳥の画や歌の手本を、幼いながらも自分の好みで選別しては、室礼（しつらい）の細部にまで回らぬ口で好悪を述べる若君のことを、亥万は資任に向かってそう得意げに評した。

「うむ……まあ、さようか」

答えように窮したのか、資任は曖昧なあいづちを打った後、亥万の顔をつくづくと眺めていたが、それ以上は何も言おうとしなかった。

烏丸第での暮らしはおおむね閑（しず）かに過ぎた。ますます人当たり烈（はげ）しき上さまのお暮しぶりを思えば、閑けさはまずまず、喜ぶべきことではあった。

されど何事も、過ぎれば辛きものとなる。

正親町どのとの縁もあってだろう、兄君の千也茶丸さまが髪置（かみおき）や袴着（はかまぎ）、御馬始（おんうまはじめ）など、節目の儀を賑わしく催され、その都度、父上との対面も叶うのに比べ、三春丸さまには何の沙汰もなく、いつになってもほんの短い目通りの折さえ与えられなかった。

「烏丸どの。千也茶丸さまのご祈願に、上さまが祇園社（ぎおんのやしろ）に神馬を寄進なさるそうな」

三春丸さまが五歳になった永享十二年の夏、亥万は資任に詰め寄った。

「いくらあちらが兄君とは申せ、ご生母を同じうするご兄弟ではありませぬか。こちらの若君にも、今少しご配慮を」

「乳母どのの仰せはごもっとも」

そう言うのみで、特に苛立つ様子も見せぬ資任に、亥万はじりじりと迫った。

「御食い初めも袴着も、あれほどお願い申したのに、ご対面もなく、供奉の人々も少なく、この邸で内々になされてしまいました。あんまりでございます」

生母重子は心労が祟ったのか、産後長らく臥せったまま、ほとんど自室に籠もりきりで、上さまへのお取りなしなど思いも寄らぬ様子である。

両親から顧みられぬ若君は、勢い幕臣からも公家からも忘れられがちで、亥万は一人、若君不憫の思いを抱えて苛々することが多かった。

「ご機嫌の良い折を見て、お取りなしはいたそうが、しかし、乳母どの」

資任は口許に微かな笑みを浮かべた。

「将来のことは、知れぬもの。今はともかく、若君をご壮健にお育てすることのみ。何がどう転じても、我らのもとでご壮健でさえいてくだされば、いかようにもなりましょうぞ。……兄君さまは、ご病弱と伺っておる」

耳に囁き入れるように加えられた資任の一言の意味を、その時の亥万はまだよく理解していなかった。

資任がどう持ちかけたものか、上さまはその年の冬の初め、烏丸第へ内々にお出ましと決まった。

御所である室町第から、正親町どののご実家である三条第へ向かわれる途中に「ご休息にお立ち寄り」になると聞かされた亥万は、何日も前から若君に挨拶の口上をお教えした。

――三条へのおついでというのが、あまり良い気はせぬが。

常は落ち着き払っている資任も、さすがに張りつめているらしい。

お食事などを差し上げるわけではないから、包丁人や給仕の粗相を咎められることはなかろうが、それでも、何がお気に障るか予想もつかぬ上さまである。

当日、お先触れの声も高らかに、上さまの御車が新しい車宿りに寄せられた時、亥万は若君の装束をくりかえしくりかえし、念を入れて改めていた。

「よろしいですね、若君。落ち着いて、ゆっくりと」

「うん。……亥万」

童髪(わらわがみ)の下から上目遣いに覗(のぞ)いた切れ長の目が、ひくひくと動いた。

――これは、なんとしたこと。

若君は時折、気を昂(たか)ぶらせて腹具合が緩(ゆる)くなることがある。

念のためと、装束を整える前に一度厠所(かわやどころ)へお連れしたのだが、取り巻く大人の気の張りが今になって変調をもよおさせたのであろう。若君を抱えて厠所へ走ろうとしたが、邸内は既に各所に人々が詰めていて、晴れ装束を付けたままでは、簡単に通り抜けられそうになかった。

「若君。ここでなさいませ」

亥万は咄嗟に、自分の硯箱の蓋を外すと、若君の装束をまくり上げてかがませた。おずおずと用を足すのを見守りながら、手近にあった手習い用の料紙を丁寧に揉む。

「何も恐ろしいことはございませぬ。亥万がお側におりまするゆえ」

「うん」

下仕えの女に硯箱の始末を密かに言いつけた後、手早く手水を使い、装束を再び整えると、従者の列が廊下を粛々と進んできた。

資任が恭しく口上を述べ、若君を抱き上げる。資任の肩越しに注がれた不安げな視線に、目を大きく見開いて応え、亥万も列に連なった。

奥座敷への廊下が異様に長く感じられる。次の間の前を通ると、閉ざされた襖の向こうで、幾つもの物見高い視線が蠢くのが分かる。

「若君、三春丸さま、御前にお着きでございます」

資任に促されて、若君が座敷に足を踏み入れる。その震える背を祈るように見て、亥万は廊下に平伏した。

「三春にござりまする。ち、父上には、ご機嫌麗しう……」

若君の声は次第に小さくなり、ついには廊下に控える亥万の耳に届かなくなった。

「聞こえぬ」

鋭い響きに、座の者皆の背筋が震える。

重々しい、しかし甲走(かんばし)った声が続いた。

「父には聞こえぬぞ。はじめから申せ」

「み、三春に、ご、ございまする。ちっ、ち、父上には、ご……」

「今一度」

「みっ……」

亥万はいつしか袖の中で拳(こぶし)を握りしめていた。

かさかさと震える衣の音が、心の臓の音と共に鳴っている。

「うむ。ま、良かろう。資任、大儀である」

「はっ」

「品良くはあるが。どうも……蒲柳(ひよわ)な質(たち)か。顔が蒼(あお)くはないか。……あの母の子では、致し方なかろうかの」

こめかみに痛みが走る。亥万は己の歯が砕けるのではないかと思った。

上さまと資任は何事か話し続けているようであったが、亥万の耳にはまるで入らなかった。

取り立ててお咎めもなく上さまが烏丸第をお出ましになると、邸の至る所から、深い息の吐き出されるのが聞かれた。

「若さま、若さま」

若君が、晴れ装束の中で身体をこわばらせたまま、視線を宙に泳がせている。

「すぐ、お褥(しとね)を。手水を、温かくして持て」

亥万は下仕えを外へ走らせて湯を用意させると、手早く若君の装束を解(と)き、身体を拭い、新しい肌小袖でくるんだ。

褥にそっと横たえ、傍らに添い臥し、息づかいを確かめる。

浅く荒い息を繰り返しながら、若君は小さな手を亥万の懐へ伸ばしてきた。

「亥万はお側におります。おりますよ」

幼い身体の呼吸と体温が落ち着いてくるのを感じつつ、亥万もほんの少し、うとうとしかけた時であった。

「ちっ、ちっ、父上……」

突然激しくしゃくり上げた若君が、身体を震わせてしがみついてくる。亥万は慌てて背を包み込み、撫でた。

「怖いことはございませぬ。何もございませぬ。亥万がお側におりますよ」

震えるほどの悪夢を見せているのは、父君なのだろうか。

廊下で平伏していた亥万には上さまのお顔は見えなかったが、声と同様に鋭い視線を、幼子に浴びせていたのだろうか。聞くに堪えぬやりとりを思い返し、ご不憫さに、亥万まで泣き出したくなってくる。

あのような束の間のご対面、それもはじめから叱りつけるごとき物言いで、若君の美質が分かるはずもない。常は決して、若君は言葉に詰まったり、物怖(ものお)じしたりする方ではない。今日の失態は、むしろ上さまの無体ななさりようのせいなのだ。

……あの母の子では。

無論、上さまは大方どののことを仰せになったのであろう。それと分かりつつも、亥万は口惜しくてならない。自分が責められているとしか思えなかった。

必ず、必ず。

ご立派で、ご壮健で、ご聡明な男子に、お育て申し上げる。

懐にある小さな手の温もりを感じながら、亥万は若君の呼吸を一晩中聞き続けていた。

二

嘉吉(かきつ)三（1443）年秋――。

「亥万。亥万」

「はい。御前に」

常よりもやや鋭い調子の声に、亥万は慌てて若君の側へ戻った。

「何用でございましょう」

「萩の色が褪せてきた。見苦しい。替えよ」

若君は、室内の調度や掛け物、生花の風情に殊の外細かい。

八歳の少年とは思えぬ審美眼を、我がことのように誇りかに思うものの、一方で意に沿わぬものを容赦なく取り除けようとする折の、鋭い声や目の動きに、亥万は時としてぎょっとさせられることがあった。

「あの、お方さま。殿がお呼びでございます」

廊下に畏まった侍女が、遠慮がちに声を掛けてきた。

昨日、掛け物の調え方が気に入らぬと若君から執拗にやり直しを命ぜられ、最後には「お許し下さい」と泣き顔になっていた者である。

「すぐ参るとお伝えせよ。そなた、仕丁に命じて、萩の新しい枝を」

「畏まりました」

生けておけ、と言おうと思ったが、思うように生けられずにまた若君が焦れてはと、亥万は自分が戻ってからすることにした。

渡り廊下を辿って、資任のいる別棟へ行く。日常的な用には資任が出向いてくることがほとんどで、亥万の方がこの廊下をあちらへ向かって歩く折は、それほど多くない。先月、先代の上さまの三回忌法要について、あれこれと相談をして以来である。先代の上さま、若君の父上足利義教公は、二年前の嘉吉元年夏、幕府重臣の一人である赤松満祐（あかまつみつすけ）に弑逆（しいぎゃく）された。

方々から深く密かに恨まれていた上さまゆえ、内心では赤松に心を寄せる者もないではなかったが、紆余曲折の末、赤松は子息ともども、「朝敵」として滅ぼされた。新しい将軍には、若君の兄君、千也茶丸さまがお就（つ）きになった。ご成人らしく御名も義勝（よしかつ）とお改めになり、昨年にはめでたくご元服もなさった。

とは言え、今年でようやく十歳になられたばかりの当代の上さまの周りには、先代の横暴ぶりを苦々しく思っていた人々が十重二十重（とえはたえ）と渦巻いて、幼い方の成長ぶりに目を凝らしている。とりわけ、先代の上さまが亡くなられた後、褥の重しでも外れたかのように表向きへ現れ、「我こそ上さまの生母」とこれ見よがしに動きはじめた大方どのは、何かと「父君の轍（てつ）は踏まぬよう」と、力のある公家、大名たちとの融和を図っているらしい。

代替わりの後、烏丸第における若君のご養育にも、明らかな変化が見られた。資任は邸への人や物の出入りに大層厳しく目を光らせる一方で、出自正しき少年を幾人も集めては、自ら面談など重ねた上で選(よ)りに選って、一人、二人と若君の近習(きんじゅ)に入れている。

乳母となって八年、亥万にも、資任の意図はよく分かっていた。

「乳母どの、お越しでございます」

座敷の前まで来ると、眉目(みめ)麗しい元服前の童(わらわ)が音もなく障子を引き開けた。近習のうちでは、古参の一人である。

「お呼び立てしてすまぬ。近う」

にじり寄る資任の並々ならぬ気配に、亥万は我知らず息を詰めた。

「上さまが、臥せっておいでになる。赤痢(ちぐそ)だそうな」

返答のしようもなく、次の言葉を待つ。

「何があるか分からぬ。心しておいて下され」

嘉吉三年七月二十三日、亥万の若君は〝上さま〟となられた。

ご元服どころか、読書始の儀さえもこれからのお方である。朝廷より公に征夷大将軍を拝命なさるまでには、相応の時を待たねばならぬが、この若君を上さまと仰ぐより他に、幕府の体制の継続はあり得ぬとは、主立った武家のほぼ一致した見解であった。

新しい上さまの御所は、当面烏丸第のままとされた。本来御所とすべき室町第に、怪異の噂が絶えなかったゆえである。

いかなる怪異か、誰も明言はせぬものの、先々代の上さま、すなわち、若君の父上の面影に悩まされている者が少なくはないようであった。

烏丸第は、俄に人の出入り繁多な所となった。資任が変わらず重きをなしているとはいえ、代々将軍職を補佐するお役目を担う伊勢氏や、幕政の実務を握る管領職の細川氏など、それぞれに、上さまにとって重んずべき人々は少なくない。

公のお役目があるわけではないが、上さまの奥向きを実質預かる者として、亥万も人々から重々しく扱われることが増えた。

が、一方でそれは、亥万にとって決して愉快でない事柄をももたらした。

烏丸第の一角に、大方どのが多くの侍女を伴って麗々しく家移りをしてきた。亡くなった兄君にしていたように、息子を自分の羽の下に入れようというつもりらしい。

されど、生母としてのその心遣いは有り難くとも、これまでほとんど暮らしを共にしたこともない上さまにしてみれば、大方どのは訳の分からぬ闖入者に見えたのであろう。

「上さま。さ、これをお召し上がりください」

「…………」

「上さま。おいしうございますよ。わざわざ若狭から取り寄せた、珍しいものでございます」

「……」

水菓子などを携えてきて、機嫌を取り結ぼうとする大方どのを、上さまは母君とお慕いするどころか、押し黙って亥万の袖をつかんだまま、出て行けと言わぬばかりの鋭い目をお向けになるのみで、いつまで経っても母子の睦まじさは生じなかった。

何より、大方どのが繰り返し説こうとする、「人の上に立つ心得」なるものを、上さまは特に嫌った。

「あの者の申すことは分からぬ。面倒じゃ。亥万、良いように言うておけ」

亡き父君が生じさせた因縁、諸方からの将軍家への怨念。新しい上さまがそれらの報いを受けることのなきように、という大方どのの配慮は、幼い若君には少し性急に過ぎたらしい。

懐かぬ我が子への思いは次第に歪み、やがて、その子の信を一身に集めている乳母、亥万への逆恨みへと変わり、さらに嫌がらせとなって現れた。

大方どのが、烏丸第に仕える女たちの名札の列を、上さまの御所として改めて作り直すと宣言した時、なんとのう嫌な予感はしたのだが、果たしてそれは、あまりにも姑息で幼稚なやり口だった。

「今参りどの」

先日、大方どのの座敷へ呼び出された時、亥万は多くの侍女の下座へ座らされ、こう呼ばれた。呼んだのは、大方どの付きの上臈(じょうろう)侍女である。

──いまヽまヽいヽり……。

「新参者」を意味する呼び名である。

大方どの自身の姿は、御簾(みす)の向こうに隠れていて見えない。ことさら、身分の違いを思い知らせようとのことなのだろう。

──嘲笑(あざわら)ってでもいるのだろうか。

「将軍家の奥向きを預かるのは日野家の役目。いくら烏丸第では古参の者でも、日野家へ奉仕の者としては新参者じゃ。さよう心得よ、のう、今参りどの」

上臈はこう言い放った。亥万の名へ、皮肉も込めたつもりだったのだろう。

以後、名札を見るごとに不快の念が募ったが、他ならぬ上さまのご様子が、亥万を支えた。

時を置かず次々と様々な人が訪れるようになればなるほど、上さまは亥万の名を呼ぶことが増えた。お食事にせよお召し替えにせよ、暮らしの些細なことすべてにつけて、他の者の為しようでは気に入らず、必ず亥万の手でおさせになる。

その信の大きさは誰の目にも明らかだった。

烏丸第へ出入りする者たちは、表向きは大方どのを立てつつも、どうしても上さまの意が必要な事柄については、必ず亥万を頼った。亥万が果たす役割は乳母としての領分をいつしか越え、誰言うともなく、「お今どの」「お今局」と呼ぶようになっていった。

「お今どの。今宵は少々、お頼みしたきことがある」

文安六（１４４９）年三月。

上さまのご元服を間近に控えて、亥万は兵部どのこと、有馬持家と額を合わせ、ひそひそと語り合っていた。

ご元服の後には、晴れて征夷大将軍拝命の運びとなる。烏丸第ではこの日を期し、幕府の要に相応しい御所と為すべく、あちらこちらと普請が続いていた。何かと多忙な資任に代わり、亥万がこの頃専ら相談相手とするのは、上さまの近習の束ね役である有馬であった。

「それでは兵部どのは、上さまに、私から閨の手ほどきをせよと」

口に出してしまって、頬に朱が上るのが分かる。

「さよう。おおよその事柄については、儂がもろもろ、枕絵などもお見せしてお教えした。されど、所詮画は画、話は話。現身の女体には敵わぬ。また、かようなことはやはり最初の相手が肝心。他の若い者では、かえって妙なことになってもと思うての」

返す言葉が見つからない。

「幸い、上さまも大層ご関心をお持ちじゃ。お気に入りのそなたであれば、首尾良うお導きできよう」

上さまは今年、十四歳になられた。

ご幼少の頃の父君の心配とは裏腹に、発育などは申し分なく、ご入浴の折など、亥万は不覚にもはっと目を背けてしまうこともある。

ご元服が済めば、お気に召す女子の手配などまで、きっと自分の役目となるのだろうと漠然と思ってはいたものの、有馬の頼みは己の心づもりよりも遥かにあからさまであった。

躊躇(ためら)いがないと言えば嘘になる。

乳母が貴公子の閨のはじめをお導きすることは、さして珍しいことではない。有馬は至極当然のように「ではお頼みしましたぞ」と言って立ち去っていった。

一人、装束の内に手を差し入れて、三十路(みそじ)を越えた己の二の腕、乳房、腰に触れてみる。

お仕えして十余年。はじめて乳を差し上げたあの日よりこれまで、ご奉公第一で過ごしてきた身には、再び女として誰かに身体を開くなど、思いも寄らぬことであった。

——ご奉公の、一つとして。

なぜ、とは問うまい。

懐に頂いたあの時から、おそらくこの身のすべてを以て、上さまの為に尽くす宿命(さだめ)だったのだ。

その宵、亥万は念入りに身を清めた後、常のごとく上さまの褥の隣に控えた。

――このまま、これまで同様、お側で休ませていただくだけで済むなら。

薄闇に浮かんでいた火影が大きく揺れ、亥万の感傷は、おもむろに胸乳に差し込まれてきた上さまのぎこちない手の動きによって断ち切られた。

有馬に手ほどきされたままをなぞっているのだろうか。上さまの身体は既に亥万の上にあって、導かれる方向を求めていた。

亥万は改めて覚悟を決めた。

「こちらでございますよ……」

耳もとに囁き入れつつ、手を添えて迎え入れる。両の脚の間に若々しい重みを受けとめ、早くも小刻みに揺れ始めたしなやかな身体に、腰を添わせていく。

「う……」

程もなく、背を大きく反り返らせた少年は、半身を亥万の上に投げ出した。首のあたりにかかる乱れた呼吸が次第に整うのをゆっくりと待つ。

燭を背けては共に憐れむ　深夜の月

花を踏んでは同じく惜しむ少年の春

あれはいつのことだったか。

覚え立ての詩句を詠じておいでだったお声が、揺れる火影で耳に蘇る。

満ち足りた寝息を立て始めた上さまの傍らで、亥万は冴えた目を薄闇に凝らし続けていた。

三

享徳（きょうとく）二（1453）年六月。

十八歳になられた上さまは、御名改めをなさった。

ご幼名の三春丸の後、一度は〝義成（よししげ）〟となさっていたのを、更に〝義政（よしまさ）〟とお改めになったのである。

「〝成〟の字には、戦いや争いを示す〝戈（ほこ）〟が含まれよう。私が父や祖父から継いでいる〝義〟にもこれがある。武を以て世を治めていくのが将軍たる務めであろうから、一字はやむを得ぬとしても、せめてもう一文字からは、〝戈〟を消したく思うのだ」

「それは、大層良きお心かと」

上さまのお考えにいち早く賛同の意を表したのは、伊勢貞親（さだちか）であった。

上さまはご元服の後、政（まつりごと）に明るく処世の術に長けた貞親を何かと頼りになさっている。貞親の賛同にうなずいた上さまは、ため息混じりの低い声で続けた。

「とにかく、争いをこの身から離したいのだ。〝政〟なら、字音は同じで、しかも将軍職を務めるのに相応しかろう。義政と改名いたす」

日頃、上さまは饒舌（じょうぜつ）な方ではない。むしろ寡黙に人の言うことをお聞きになることが多い。

資任にせよ、貞親にせよ、あるいは管領の細川勝元（かつもと）にせよ、自分に用のある者の言うことはまず凝（じっ）と耳を傾ける。幼い頃あれほど疎んじた生母大方どのにも、この頃では疎略な態度を示すことはなさらず、礼を尽くして話をお聞きになる。

ただ、それが決して好んでなさっているのではないこと——智恵を重んじる貞親に学ばれた、上さまなりの処世の術であること——は、奥向きにお仕えする亥万にはよく見て取れた。

人の訪ないの繁多であった翌日など、たいていむっつりと押し黙ったまま、朝から書や画、あるいは図面などを並べ、自らも筆を執（と）ってお過ごしになる。不用意にお声など掛けた者には、ぴしゃりとお手が飛ぶようなこともままあるので、さような折のお側には、できるだけ亥万が控えていた。

いつになき数多（あまた）の言葉を費やして、上さまが御名改めについて語られるのを聞いた亥万は、我が身のことをいささか顧みずにはいられなかった。

上さまが長ずるにつれ、誰よりも上さまのお側にいる女人――お今局として多くの人に知られるようになった亥万の許には、京のみならず、諸国から様々な請状、願い書を携えた人が訪れる。上さまの御為にも無下にせぬ方が良かろうと、中のいくつかに口添えなどしてやったのが今思えば誤りで、気づけば幾重もの柵に我が身が搦め取られていた。

何心なく受け取っていた「気持ちばかりの礼」が次第に過分な賄へと変わり、それとともに亥万を見る人々の眼が後ろ暗いものへと変わるのに、さして時は掛からなかった。また、亥万を頼った者と利害の対立する者が、「なればこちらは」と大方どのを頼っていくこともあった。

食い違う二者の言い分が、亥万と大方どのを経てそれぞれ、上さまの耳に届く。勢い、どちらが聞き入れられるか、亥万と大方どのとで争うような事態となり、ある時ついに、自分の言い分が却けられたことに憤った大方どのが、怒りにまかせて寺籠もりをしてしまった。

亥万の追放を強く望む大方どのを宥めるため、資任らが間に入って談合の末、亥万は一時謹慎を命ぜられた。さらに許された後も、奥向き以外のことを上さまに申し上げぬよう、厳しくお叱りを受けた。

気づけば亥万は、細川や畠山といった管領家の者たちにまで疎まれていて、立ち居振る舞いを慎重にせざるを得なくなっている。

御名を改めてまでお厭いになる〝弋〟のうちには、各所で起きている民の逃亡や一揆、大名による跡目や領地の争いなどと共に、身近な女二人の諍いも含まれるのではないか。そう思うと、亥万はひやりとした。

〝弋〟だけではない。

父君の轍を踏まぬようにと周りの大人が気を配り過ぎたせいなのか、近頃の上さまには、全ての現実を遠くにしておきたい、身から離しておきたいとでも言うような、朧だが、しかし強いお望みがあるように見える。亥万のごとき水も漏らさぬお側仕えであってさえ、薄紙のごとき、されど決して破れぬ隔てを、厳しく置かれている気がするのである。

亥万がそれを感じるようになったのは、ご元服後の上さまが、普請に強い関心を持たれて以来であった。

御祖父の義満公の例を挙げるまでもなく、歴代将軍職の方々がご自身の御所の造営に力を尽くされるのは知られることであるが、上さまの場合は、その熱意が少々過ぎるようであられる。ご自身の意に沿うまで、幾度でもやり直し、惜しみなく人と物を尽くそうとなさるので、烏丸第は常にどこか普請をしていた。

上さまの拘(こだわ)りは、ご自分の目から見える〝景色〟にあった。

人の上に立つ者はおよそ、訪れる者がどう感じるかを意識して建物も調度も考えそうなものであるが、上さまは違った。

窓の形、柱の材、軒の高さ、棚の組みよう……。庭にせよ室内にせよ、いずれも、ご自分の眺める景色のみを考えておいでになり、人を迎える晴れの座敷よりも、ご自分の奥向きの造作をまず優先なさる。

亥万は時折、文机(ふづくえ)に置かれた上さまの覚え書きなどを覗く機会があったが、細い線描で描かれた庭や室礼の図には、どこか人の訪れを拒む空気が感じられて、無性に淋しい思いに駆られることがあった。

――上さまの図の中には、私の居場所がない。

一度感じた淋しさは、心に墨の滴(しずく)でも落としたごとくに広がり、時につれて薄まるところか、少しずつ濃さを増していくようにも思われた。

御名改めから間もない頃、亥万の淋しさにもう一滴、濃さを加うるようなことがあった。

上さまの閨のお相手ははじめ亥万だけであったが、当然ながら、ご元服の後はご寵愛(ちょうあい)を望む者も多くなる。亥万の導きが正しかったというべきか、上さまご自身も好色の途(みち)

には年齢相応以上のご興味をお持ちであった。

実家方から様々の智恵を付けられた、下心多きあさましき戯れ女などに、上さまがうかつなお情けをかけることを危ぶんだ亥万は、まず自分の側に仕えていた、出自卑しからぬ、気質の穏やかな者に因果を含め、上さまのお手が付くように計らった。

予て閨のお好みなども教え込んでおいたのが功を奏したのであろう、その者はやがて身籠もり、女子を産んだ。

以後、亥万は同様に幾人かの女を上さまに差し向けた。肌の美しい者、気質の明朗な者、身体つきのふくらかな者……。美質をそれぞれに違え、上さまが飽きぬような配慮もした。

上さまは数多の女をお悦しみになる一方で、亥万を褥に召すことも止めなかった。お召しを受ける毎、誇らしさがなかったと言えば嘘になる。

が、だからこそ、ある夜を境に亥万は己を律することにした。

御乳も襁褓もこの手でお世話申し上げたお方である。褥を共にするとはいえ、亥万はやはりご奉仕の気持ちが強かった。はや女体の扱いにも慣れた上さまのなさりように、時として愉悦を味わうことがあっても、我を忘れるようなことはなかった。

されどその夜は違った。

何から思いつかれたのか、上さまはお戯れに亥万に目隠しをし、両の手を頭の後ろで縛めて自由を奪うと、亥万の身体中をごくごくゆっくり、指と口とで散々嬲った。それから目隠しを外すと、今度は亥万を立たせ、柱を抱えるように絹の縄目を変えて、その身体を背後から抱えたのである。

縛められた高さからは、窓に浮かぶ三日月がくっきりと見えていた。つい今し方まで闇に包まれていた目には、細い光が鋭かった。

程なく三日月は朧になり、亥万の前でゆらゆらと揺れた。細い月影が滲んで滴り、亥万の心と身体に浸み、やがて脚が頽れた。

目を覚ましたのは暁時であった。解かれた絹が足許で、無惨な蛇の姿を作っている。己の忘我の姿を見せつけられたようで、亥万は急いで取りまとめ、乱れ箱へ入れた。

——ご遠慮申し上げねば。

自分もはや三十五。三日月の下、念入りに作らせた窓から、上さまはいかなる景色をご覧じていたものか。

その朝、亥万は朝餉の御膳を他の者に任せ、束の間、私室に籠もった。

いずれ遠くないうちに、ご正室もお決まりになろう。歳過ぎた身で、側室などと呼ばれて妍を競うのは、自分には堪えられぬ。あくまで、お側仕えとして通そう。

ご幼少の頃、幾度もお約束したように。

ただ、ただ、お側に。

涙が頬を伝った。長年のご奉公で、はじめて流した涙であった。

四

御名を改められた上さまは同年、氏長者ともなられた。公家にせよ武家にせよ、すべての「源」姓を持つ者を統括するお立場である。

将軍職としての重みも一入増して、お嫌いなあちらこちらの〝戈〟を収めようと政にも生真面目に向き合われたが、いずれもさしたる実りは得られず、むしろ才乏しき青将軍と誹らるることが多くなっていった。

二年後の享徳四（１４５５）年正月。

亥万は三十七になっていた。

「お今どの。この正月早々に、京の各所でそなたの名が掲げられておるのをご存じか」

「それは、いったい、いかような」

資任はふん、と鼻で笑い、よく出来ておるぞ、と勿体を付けた。

「こういうのだ。『蓋し、政は三魔に出ずる也。御今、有馬、烏丸也』とな。各人を描いた戯れ画も付いておるぞ」

「なんと……」

「〝ま〟を掛詞にして韻まで踏むなぞ、なかなか洒落ておるではないか。もっとも、もはやこの世におらぬ有馬を数合わせに入れたのは、ちと苦しいがな」

不快な落書を平然と笑う資任に対し、亥万の心中は穏やかでなかった。「三魔」とは言いながら、最も強い悪意を浴びせられているのは、どう考えても自分のような気がした。

「乳母上がりの姥側女が、八百比丘尼の妖術でも使うか」「御台さま気取りの女狐め、さては尾が九つあるか」――上さまに意を聞き届けられぬ者たちが、何もかも亥万のせいにして数々の悪口を並べていることは亥万も薄々知ってはいた。

されど、巷間に「三魔」と称さるるまでになろうとは。

おし黙った亥万の様子に殊更頓着せぬふりで、資任は唐突に本題に入った。

「上さまには、ここらでご正室をお迎えいただく。お今どのにも心づもり願いたい」

「はい」

不意を突かれて、亥万は己の動揺を隠すのに精一杯だった。

「御台所が立てば、そなたや儂への風当たりもいくらか弱まろう。よしなにな」

ご正室が誰かは、問うまでもなかった。

日野家の大姫、富子である。

大方どのの兄、義資が不審な死を遂げた後、一時は存続も危うかった日野家であるが、義資の孫の勝光が家督を継いで以後、再び重きに復しつつある。富子はその勝光の妹である。

勝光はなかなかに才ある者とも聞こえ、朝廷での官位の上がるのも早い。上さまのご生母たる大方どのの威光を上手に利用し、将軍家との繋がりも往時に倣って保とうというのであろう。

無論、大方どのの方も、富子を通じて上さまの意を自分の方へ手繰るつもりであろうことは明白だった。

もともと日野家に連なる資任には、大方どのであろうと亥万であろうと、どちらが上さまの意に沿おうと、痛くも痒くもないに違いない。むしろ、亥万と並べられて「三魔」などと論われるよりは、富子輿入れの話を進めて、大方どのの機嫌を取る方が良いと思ったのであろう。

――私を牽制しようと、あのような話をまず持ち出したのか。

世上にさらに取り沙汰されたくなくば、ご正室について口出しするなと、資任は言ったつもりだったのかも知れぬ。

まあ、良い。

先例に鑑みれば、お止めできることでもない。それに上さまには、もう幾人もお気に入りの者がおありだ。残念なことに未だ男子の誕生はないが、それでも姫さま育ちのご正室など、何ほどのこともあるまい。

亥万の側仕えだった阿茶(あちゃ)や、親類筋の佐子(さんこ)など、事細かに教え込んだ亥万の分身のごとき者たちが、上さまを手厚くお慰めしている。ご生母では、閨のお好みまでは分かるまいし、まして日野家の姫に、さようなお仕込みもなされまい。

ここまで思い至って、亥万ははっと胸を衝かれた。

──私は、何をむきになっているのか。

ただお側にと誓ったはずだった。

ご正室が誰であろうと、また誰が上さまの男子を産み参らせようと、自分のご奉公は変わらない。そう念じて、上さまの閨のお召しを、固くご遠慮申し上げたのではなかったか。

争いを、身から離したい──上さまの吐(つ)いたため息が蘇る。

我が身を己の両腕で包むようにしながら、亥万は長い間、目を閉じて座り続けていた。

秋になって輿入れしてきた富子は、ただ鷹揚(おうよう)なだけの姫さまに見えた。

十六歳になる公家育ちの女は、色白でふっくらと美しい頰と、小さな形の良い唇の持ち主であった。

「お今局さまは上さまのことを、何もかもすっかり、上さまご自身よりもよくご存じなのですね。お頼もしきこと。ぜひ妾にも、いろいろお教え下さいませ」

亥万が義政の乳母であると聞くと、富子は明朗な声でそう言って、ほほと笑った。

自分より優位に立つ者の存在など、毛筋ほども疑ったことのなさそうな笑い声に、亥万は少しだけ妬ましさを覚えた。

ご正室を蔑ろにせぬようにと、あちこちから聞かされていた上さまは、富子を表向き重んじつつ、かねてのお気に入りも手放そうとはなさらない。貞親の教えた処世術は、政にはともかく、奥向きの女たちの均衡を保つには、それなりの役に立つようであった。

ある夜、お召し替えのための包みを持って上さまの許へ参ろうとすると、中から富子の声が聞こえた。

閨の睦言にしては明朗すぎる声に、つい耳をそばだてた亥万は、その内容があまりに実利向きの話であることに呆れた。

「まあ、上さま。それなら、酒屋や日銭屋の借金は、いったん帳消しにしてやったらいかがでしょう。その上で、向後は全ての取引を届けさせ、利益の額に応じて上納させればよろしいのでは。ぜひご評定にお取り上げ下さいませ」

次の間に、時を問わずに出入りを許されているのは亥万だけである。お褥の睦言を立ち聞くのにには慣れている亥万であったが、かように政の話をする女ははじめてであった。

「それに、新たに関所を設けて、税をおかけになるのはいかがかしら。京を出入りするのは、重要なことですもの、それくらい払わせるべきですわ。民の動きの掌握にもなりましょう。日野家の荘園にある関から上がる分は、上さまのご普請にお使い下さいませ。近江の舟木（ふなき）なら人が多く通りましょう。きっと……」

呆れが、驚きと畏れに変わっていく。

睦言のように優しい調子でありながら、地理にも算術にも長けたことを、富子は平然と述べている。それは大方どのや亥万が、特定の誰かの言い分に口添えをするのとは、まるで異なる物言いであった。

——この女。

兄勝光が抜け目なき才の者と言われていることを、亥万は改めて思い出した。没落同然だった日野家を立て直した兄の才覚は、妹にも備わっているらしい。鷹揚なだけの姫さまと侮（あなど）った自分の見立ては、大きな誤りだったものと見える。

上さまは、うん、うん、そうか、それも良いな、などと時折相槌を打っている。新たに始めたい普請を、費用（かかり）が多すぎると資任らに止められている上さまには、富子の策略（はかりごと）はさぞ魅力的だろう。

忘れたふりをしていた、己の心の淋しさが強く迫る。上さまを取り巻くどの女にも、未だかつて感じたことのない敗北感があった。大方どののせいで一時お出入りを差し止められた時でさえ、かような思いはなかった。

政は、男子が考えるものと思っていた。大方どのもおそらくそうだろう。

口添えを頼んできた者の内、誰が上さまに信を尽くす者であるか。亥万が考えたのはせいぜいそれくらいである。

されど富子は違う。己で考えた新しきことを、上さまにお示ししている。御身の回りのことは、今でも確実に、自分より分かる者はあるまい。その自負は揺らがぬ。

されど、かような形で、上さまのお側を務める途があるとは。お召し替えの包みを次の間にそっと置く。富子の能弁はまだ続いている。足音をさせぬよう立ち去るだけで、精一杯であった。

五

長禄三（1459）年正月九日。

富子が男子を産んだ。

本来なら上さまのご嫡子誕生の目出度き慶日となるはずが、ご産所はまたたく間に、重苦しき静寂に包まれた。赤子が呼吸をしていなかったからである。

蘇生の術もことごとく尽くされたが、効はなかった。

御台所死産の報に接した亥万は、何の感情も持たぬように努めた。

お気の毒なと思えば偽善のようでもあり、さりとて、快哉を叫べば己の醜さが哀れである。

努めて保っていた平静は、突然かけられたあらぬ嫌疑により、破られた。

「そなた、面妖な術を弄したであろう。かような蠱物、何に使うたか」

亥万の膝の前に、素木の匣が引き出された。思わず鼻を覆いたくなるような異臭がする。

中にびっしりと入っていたのは、赤黒く汚れた獣の牙らしき塊と、生皮を剝いでむしったような獣毛であった。

「何を言われる。さような物、いずこに」

「梓の歩き巫女が白状致したぞ。そなたの密命で御台さまの御腹の子、呪いにかけたとな」

「ばかな。何の濡れ衣か。上さまにお目通りを。上さまに」

「お目通りは叶わぬ。即刻、御所を出よと仰せじゃ。早う去ね」

近習の制止を振り払って、亥万は上さまの座敷へ繋がる廊下へ転がり出たが、そこに待っていたのは実家である大館の主、持房であった。

「お今どの。しばし待たれよ」

「持房どの。誓って私は、さような妖しき術、命じた覚えはございませぬ。御台さまの御腹の子を取り殺せなどと」

「儂もそなたを信じておる。されど、先ほどから大方どのがお越しになっておる上、目下のところ、上さまは大層激しておいでになる。申し開きは難しかろう。ここはいったん下がって、落ち着かれた頃に今一度申し出ることにいたそう」

正月十二日、亥万は烏丸第を出た。

持房に促され、自室を片付ける間もなく車に乗せられた時、まさかこれが、上さまとの今生の別れになろうとは全く思いもしなかった。

やがて亥万には、京より追放、近江の沖之島へ流罪との沙汰が出された。

罪人輿が揺れる。

――仕掛けたのは誰か。大方どのか。勝光か。それとも、まさか。

なぜか、富子だとは思えなかった。思いたくなかった。

それよりも、仕掛けたのが誰であれ、上さまが直々に亥万を糾すこともせず、即座にこの罪人輿を命じたことが、亥万の心を大きく抉っていた。

上さまの遠ざけたい〝戈〟に、私はなってしまったというのだろうか。

「こちらへお通り下さい」

罪人輿は、いつのまにかとある寺院の庭へ下ろされていた。

お今局配流の責を担う京極持清は、罪人に対するのとは思えぬ丁重な態度で亥万を座敷へ導いた。

「ここで、しばらくお待ちを」

風が梅の香を運ぶ。

ここで、まず髪を落とせとでも言うのだろうか。上さまの命で比丘尼にしてやるのが、せめてもの温情とでも。

「お待たせ致した。ここは京極に所縁の寺。卒爾ながら持清、お今どのに一服差し上げたい」

茶が運ばれてきた。

茶碗を受け取った持清は亥万に正対して座り、一礼してこちらへ勧めてくれた。

置かれた茶碗から離れていく持清の手を、亥万は凝視した。

「京極どの……。この茶、自らお飲みになれるか」

持清が一瞬目を伏せる。亥万は声の調子を変えることなく続けた。

「上さまの命か。亥万を、亡き者にせよと」

「お今どの。何を言われる」

——かくまでとは。

持清の肩越し、壁に目をやる。

己の最期、いかがすべきか。このまま黙って茶を飲むのか。

「お今どの」

亥万が立ち上がるのが、一瞬早かった。手に一振りの小刀が握られている。掛けられていた持清の差添が、鞘だけになって畳に転がっていた。

廊下にいた控えの者たちが足音荒く踏み込んで来る。取り囲まれた亥万は、穏やかな笑みを浮かべて侍たちを眺めわたすと、小刀を顔の前に翳したまま、ゆっくりと端座した。

「京極どの。そなたは侍所の司を務める剛の者。この亥万に、最期の武をお許し下され」

刃の向こうから亥万の目を覗き込んだ持清は、やがて手で侍たちを制した。

「お座敷を穢しまするること、お許し下され、京極どの。女とて、亥万は武家の者。我が身の始末、己で付けぬことがございましょうか」

亥万は刃を己に向け、胸乳の間に突き立てた。最期の声を振り絞る。

「京極どの。上さまに、お伝え下され。亥万は、己で乳を裂いて身罷りしと」

結

上さまがこの亥万に死をお望みならば、致し方ございませぬ。上さまを育み申し上げた乳、上さまがその御手で夜毎、愛で慈しまれたこの乳、潔う自ら裂いて、お望み通りこの命、断ちましょうぞ。

それでも亥万は、あの世とやらへは参りませぬ。決して。

この世への名残に、乳を裂き血を流し、意を残して参りまする。

この声は念仏か。京極どののご厚意か。

我が最期、お看取り下さるか。

——止めてくだされ、念仏など。

成仏は、致しとうございませぬ。

恨みで言うのではございませぬ。

私は、見とうございまする。上さまの行く末、御台さまのなさりよう。

私のなして参ったことは、誤りだったのでございましょうか。

見とうございまする。

——上さま。

銭を遣う女

――日野富子――

序

明応三（１４９４）年春――。

「まあまあ、御台さま、ようこそのご参内。いつもながら、見事なご趣向の品々。主上もお悦びにござりまする」

「これはこれは。ご笑納下さいまし。お目に留まれば、何よりのことに存じ上げまする」

――あれあれ、母さまはまた。

今日もよう凝ったご趣向を。

白の花器に紅梅、紅の花器に白梅。

見事な枝をそれぞれ活けて、竹で編んだ大きな籠に載せてある。籠には、布で細工した雀が幾つも結わえ付けられていた。

大慈院の尼、光山聖俊こと聖子は、周りの者に気取られぬよう、小さくため息を吐いた。

「御台さまがおいでになると、光が満ちるようですわ」

「ほんに。観音さまのようで」

――お追従の方も、凝っているようね。

聖子は、誰にも分からぬ微苦笑を口元に浮かべた。

みなが、母を御台さまと呼ぶ。

母が御台所として父義政や弟義尚を立てつつ抑えつつ、足利将軍家を支えていたのは五年前までのことで、日野富子も今では一介の妙善院の尼に過ぎぬ。

それでも〝天下の賢妻〟から〝希代の奸婦〟まで、世間の様々な取り沙汰をものともせず、長きにわたって朝廷、幕府、諸侯の結び目に立ち続けた女人に対する敬意か畏怖か、母はいずこでも、誰からも、御台さまと呼ばれる。

将軍が義尚から義材、さらに義高へと変わった今も、それは変わることがない。

「ようおいでじゃの。息災でなにより。そこもとよりの品はいつも御所でみな奪い合いじゃ」

「まあ主上、それでは妾らがあまりに慎みなきようではありませぬか」

主上が御簾内にお出ましになり、軽口を叩いた。座に並んだ侍女たちが、それに受け答えしてさざめきあう。

応仁、文明と都を襲った騒乱は、帝の御所と言えども容赦なく焼き払った。

文字通り、身の置き所さえ失った主上を、母は己の由縁ある邸へ招き入れて何くれとなくお世話申し上げた。騒乱の鎮まった後には、御所の新造まで取りはからった上、行われなくなっていた諸儀式を再び行う企てまで、調えて差し上げている。

大慈院は、同じく尼寺である宝鏡寺の末寺で、後光厳天皇の典侍であった広橋仲子によって建立されたと聞いている。三代将軍義満の時代より、将軍の御所と近かったことから、日野家に由縁のある女子が住持を務めることが多い。

義政と富子との間に女子と生まれ、揺れ動く将軍家の影ゆえに、いずこへ嫁づくこともままならなかった聖子は、母の人脈と財力の御蔭を以て、早くにこの尼寺へと落ち着くことが叶った。

父や弟の存命中は多忙を極めていた母であるが、五十路の坂から二人を彼岸へ見送り、自身も剃髪して入道の身となって後は、暮らしぶりも閑かになったらしい。

お寂しいかも知れぬが、まあよろしかろう、自分も近くにいることだから、母さまも少しゆったりとなされば良い、と娘は思っていたのだが、それはいささか——いや、多分に——見込み違いであった。

「雀どもが楽しそうじゃの。されど、この梅が散ってしまったら、何といたそうか」

「さようでございますね。しばらくは、梅、桜と、散らぬうち散らぬうちに、新しき枝をお届けいたしましょう」

「まあ、それは楽しみでございますこと。されど、花時季が過ぎましたら、何といたしましょう」

上﨟の一人が母の言葉を引き出すように言った。

「さあ、いかがしましょうか。みなさま、何か良きご思案はおありになりませぬか」

富子は居並ぶ侍女たちにこう問うた。

母は、涼しげな顔をしつつ、抜かりなく侍女たちの顔色を窺っている。

「さようですわね、雀の止まり木は、何がよろしいかしら」

別の上﨟が殊更おっとりと取り繕って、母の顔を見る。こちらも、やはり抜かりなく、母の機嫌を探っているのだ。

「竹を描いたお扇子を、みなさまにお使いいただきましょうかしら。お約束の印に、布の雀を一羽ずつ、お持ち下さいましな」

「それはよろしうございますわ。楽しみですこと」

母の言葉は侍女たちの期待どおりだったらしい。

黙ってやりとりを聞いていた聖子は、内裏の方々もまあ、遠回しにずいぶんとおねだりをなさるものといくらか呆れたが、母はむしろ嬉しそうで、かように言われるのを半ば期待していたふうでもある。

——七珍庫蔵に満つとは、満更嘘でもなかろうけれど。

母の蓄財の才は夙に名高い。悪意に勝る人々には守銭奴とまで誹られてきた。

確かにそう言われてもやむ無き一面もあれど、身内の贔屓目を割り引いても、それはあくまで一面でしかないと聖子は思う。

「まずは、梅、桜を散らさぬように心がけさせていただきましょう」

母はそう言うと、悠然と衣を翻し、ゆっくりと立ち上がった。

——やれやれ。

それでは、さして日を置かぬうちにまた参内する心づもりなのだ。

二つ目のため息を小さく吐きながら、聖子は母に従って御前を退がり、退出の車を待った。

自身も仏門に入って以来、母は聖子のことを何かと心にかけてくれて、母娘の間柄は以前とは比べものにならぬほど密になった。今日のように、母と同道して主上の御所へ上がる機会も増えた。

こうして共に過ごす時が多くなった聖子が少なからず驚いたのは、母がやたらと頻繁に、また気前よく、人に物を与えることであった。

波乱に満ち過ぎた半生ゆえ、数限りないあだ名を付けられてきた母であるが、そのうちに「春の日」というのがある。雅な響きの裏に込められた皮肉が、聖子には近頃、よくよく得心される。

――よく付けたものよ。

春の日――くれそうで、くれぬ、とは。

母から物をもらうことに慣れた人は、いつしか知らぬうちに期待するようになる。次はあれをくれるのでは、こう言えば、あれもくれるのでは、と。

されど、母は決して、いつでも誰にでも理由なく物をくれたりはしない。気前の良い母のその気前の良さは、母にとってその人が有用か否かという量（はか）りに常に載っていて、細かな減増（めりはり）を際限なく続けているのだ。

くれてやる物は、正（まさ）しく、その時における母の期待や信頼の重さと等しい。おそらくこのあだ名を最初に付けた人は、次第に母にとっての有用さが減じてしまった人に違いない。

――私などは、急に重みが増したというところなのであろうな。

主上の皇女たちとも交流の深い寺で、幼い頃から尼として暮らしてきた娘。

将軍家から離れ、己も尼となって余生を送り始めた母にとっては、むしろ出身である公家の秩序に則った環境が心地良いのだろう。

父や弟が生きていた頃、母に慈（いつく）しまれた記憶は殆（ほとん）どない。

無論、母のこれまで辿ってきた途(みち)を思えば、それを責めるつもりは毛頭ない。

ただ一つ、弟——共に育ったわけでもなく、あまり親しみはないけれども——の義尚が、生涯この母から与えられ続けた物を思う時、それは大層重かったであろうと、同じ父母を持った者として哀しく思うのみである。

「そなた。御寺(みてら)では、衣は足りておるか。自分だけ良うてもいかぬことよ。下仕えの者に不満など抱かせぬよう、よく心を配らねば」

「ええ、まあ。そうですわね、いかがでしたかしら」

「墨や紙も、日々入り用であろう。使い切る前に、常に用意させておかねば。さもないとかえって無駄遣いを」

「ええ、さようですわね」

母の言うことは尤(もっと)もなのだが、聖子はつい面倒になってしまう。それに、自分で何もせずとも、結局母から全て調えられて贈られてくる。ええ、ええと頷いていればそのうち、という気にさせられてしまうのだった。

「母さま。そちらの御車が参りましたわ。またお近いうちに。お気をつけて」

「そなたは同車ではないのか。その方が」

費用(かかり)が少なくて済むであろうに、と言いたげな母の言葉を、聖子は遮(さえぎ)った。

「いえ、母さま。私は今日は、宮さまの御用で、寄り道をせねばなりませぬから」

「さようか。それではやむを得ぬ。宮さまに、よろしうな」

一

――張り合いのなきこと。

参内からの帰途、僅かな供の従う簡素な車の中で、富子はため息を吐いた。

主上のもとで過ごす時は華やいで楽しい。何より、御所の人々は富子の差し上げる品々の工夫を大層喜び、もてはやしてくれる。銭も手間も、甲斐があるというものだ。

されど、所縁の者だからと同道する娘が、いつも何とやらん、応えに乏しきことが面白くない。

大慈院の方へ暮らし向きの物など届ける折も、包む布やら紙やら、他人さまにも配りやすいよう数を工夫したり、見栄えを変えたり、何かと考えてやっているのに、娘の返事はいつも通り一遍である。

将軍の、しかも正妻である御台所腹の娘。世情安からぬ頃に生まれ、うかつな所に縁づくのは災いのもとであり、不憫でもあると考えて、見劣りせぬだけの財を付けて寺へ入れた。

もったいない――そういう人もあった。娘を嫁がせれば、味方に引き入れられる一族もあろうにと。

富子も、そう考えていた頃もある。されどいつしか、さような縁組みをさせたくない気持ちの方がずっと強くなっていったのだ。

――娘を、手駒にしたくない。

自分の手駒はあくまで、自分の才覚で稼ぐ、銭だけでいい。

相手の懐を読み、その後ろにある人のつながりを読み、それに見合うだけの、銭を賭ける。

それは自分だけの戦いで良い。夫を立て、息子を守る、御台所として。

せめて娘だけでも、さような駆け引きから無縁なところに置いておきたい。それが娘のためであり、また、銭の力で公家や大名たちと渡り合う、自分のためでもある。

そう考え、多額の寄進を身に添えて、出家の道を開いてやった。

とりたてて、仏道に信を寄せていたわけではない。むしろ、なんのかのと理屈を付けて、暗に富子に銭を無心してくるような輩(やから)は僧侶にも少なくないから、正直冷ややかな思いの方が強い。

されど、今の世で、聖子のような立場に生まれた女子の身を、ややこしい駆け引きに巻き込まれぬ所に置こうとすれば、それはもう尼寺よりほかに、選ぶ道はなかった。

銭の力で、娘の生涯の安泰を手に入れたのだ――そう思えば惜しくはない。

幸い、娘自身は穏やかな気質で、母の示した道に抗うような素振りはみじんも見せず、

ここまで、富子を困らせることは何一つなかった。

三十路を越えてなお、おっとりと世に疎い尼姿の娘。目も鼻も口も小さな顔に、あるかなきかの笑みを浮かべていつも母を迎え、また見送ってくれる。

心和む。早くに出家させたのは、間違いではなかったとも、改めて思える。

とはいえ、余生を送るべく己も同じ尼になり、娘と過ごす日々に感じるのは、そこはかとない物足りなさだった。

――何の痛い目にも遭わずに生い育つと、あのようになるものであろうか。

忘れていた幼き記憶が、ふと蘇った。

「ね、母さま。きれいでしょ、このお花を」

「おやめなさい。さような野の花、貧相な」

あれは、富子がいくつの頃のことだろう。

邸の土塀の崩れに咲いた花を、明るく透明な黄色に惹かれて手折り、文箱の蓋に飾ろうとして、富子の小さな手は母に強く払われた。

彫りも彩色もない古ぼけた文箱が淋しくて花を摘んだのだったが、それはいたく母の癇に障ったようで、富子は涙を堪えながら、床に落ちて無惨な姿になった花をそっと拾

った。

　それからどれほど経った頃か、歳の離れた兄、勝光——今思えば、この兄が朝廷に出仕するようになってしばらくの頃であったようだ——が、なにやら大仰な包みを母の膝の前に置いた。

「母さま。これをお使い下さい」

　布の包みが解かれると、螺鈿や蒔絵で美しい藤の花を描いた化粧箱が現れた。

「まあそなた。これをいずこで。まあ、なんと」

「伝手を辿って買い戻して参りました。母さまには、大切な品でありましょう」

「ええ、ええ。まあ、まあ、これを、よくぞ、よくぞ」

　言葉にもならず、化粧箱を抱きながら涙をぼろぼろとこぼす母を見て、富子は呆気にとられていた。富子はただその品を、自分の邸にはとても珍しい、豪奢で美しき品だとまぶしく見ていただけであった。

　母の涙の理由がおぼろげながら分かったのは、十二の時である。

　その頃になると、邸内には母を泣かせた化粧箱よりさらに豪奢な品々が次々と増え、富子の道具や衣裳も華やかさを増していた。以前は険しい顔でため息を吐いてばかりいた母も、よく笑うようになっていた。

「兄さまのお手柄なのでしょう。侍女たちがみなそう申していますわ。お道具が増えるのも、母さまのご機嫌が良いのも、兄さまの」

「ほほう、さようか。それは嬉しいの」

御所から戻ってきた兄は、髯の濃い頰を手でしきりに撫でながら笑った。厳めしい顔には公家の貴公子というより、武家の若棟梁のごとき風情がある。

「されど富子。いずれはそなたが、この兄のため、日野家のために力を尽くしてくれねばならぬ。良いか」

兄の顔から笑いが消えた。

身構えた富子に兄は、「今、日野家の長女であること」とは一体どういうことなのかを重々しく説き始めた。

藤原北家の流れを引く、由緒正しき公家である日野家には、この何十年か、代々担ってきた重要なお役目がある。それは、将軍家と必ず縁組みをし、朝廷と幕府とが繋がりを密に保てるよう、双方に力を尽くすことだ。

ところが先々代の公方、義教さまの代に、いくつか行き違いがあって日野家は潰れ、人と交わりも許されず、家財を密かに売り食いするほどの辛き目を見た。しかし、幸い今ではこの兄が日野家再興を許され、今日に至っている……。

兄の話を全て理解できたわけではないが、幼い頃からこれまでの邸内の変わりようと、兄の話との符合に合点が行った。兄は大層苦労してきたのだと富子は思った。

「それで、それで妾は、何をすればよろしいのですか」

頼もしき兄のために、自分にも出来ることがあるという。

心が躍った。

「そなたの役目は最も重要じゃ。今の公方さま、義政さまに輿入れして、足利家をお支えすること。そして何より、公方さまのお世継ぎをもうけることじゃ」

――義政さまに輿入れして、足利家を支えること。

お世継ぎをもうけること。

その日は四年後にやってきた。

義政は富子より四つ年長、二十歳の若き青年であったが、その周囲は既に大勢の女が取り巻いていた。とは言え、品高き男に女が大勢いるのは公家の習俗（ならい）でもあり、富子ははじめ、特に意に介していなかった。

輿入れして半月ほど経った、十三夜の月の夜のことであった。

「お今局（いまのつぼね）どののお言伝（ことづて）でございます、上さまのお月見に、御台さまもお出まし願いたいと」

お今局は義政の乳母（めのと）で、身の回り一切を取り仕切っている。実母よりも義政の信頼が深いという乳母の申し出に、富子も身繕いを調えて夫の座所へ向かった。

廊下に居並ぶ侍女たちは、「御台さまお成り」の声を聞くと一通り畏（かしこ）まり、丁寧に床に手を揃えて頭を下げたが、その後は一様に、潤んだような目をして義政の方を見ている。

侍女たちの視線の先には、月が映るよう設(しつら)えられた池を見下ろすように、外縁(すのこ)に露台が置かれ、既に酒の入った赤い顔で義政がしどけなく座していた。

「御台さまがお越しになりました」

お今局が持っていた銚子を置こうとすると、他の侍女が横からそっと引き取った。女たちの首や手指は抜けるように白く、頬は上気したように紅い。富子は思わず息を呑んだ。

――何だろう、この妙な感じ……。

「ようお出まし下さいました。こちらへ」

お今局に促されて設えられた座に着くと、隣から義政が蕩(とろり)とした目をこちらへ向けた。

「御台にも酒をな。ま、ゆるりと、そうそう、歌など」

酒を注ぐにも、扇で仰ぐにも、義政は指一本動かすことなく、代わりに侍女たちの手がゆらゆらと動く。女たちの動きに連れて、咽(む)せるような香が立ち上る。

侍女たちが皆、顔のみならず、首や手にまで白粉(おしろい)を薄く塗り、また目の際に紅を差していることにようよう富子は気づいた。潤んで見える目はそのせいだったが、侍女たちはその潤んだ目で、義政の視線をたとえ一刹那(いっせつな)でも余計に捕らえようと必死になっている。

おざなりの歌など詠んで、折を見て自分の寝所へ戻ってきた時には、深く濁った疲労で押し潰されそうになっていた。

——やってゆけるだろうか、かような所で。

後になって、お今局が成人男子としての義政をも育んでおり、自身が寵愛を受けるのみならず、己の選りすぐった女子を幾人もお側へ推挙していると知った。

月見の宴で感じた疲労は、消えることなく身体の奥底に澱み、沈んでいった。

——思えばあれが、本当の始まりだったのだ。

義政を思い通りにするためなら、いかなることも厭わぬお今局。そして、さような乳母の懐で長らく育まれてきた夫。

その男との間に子をなせ。公方さまのお世継ぎをもうけよ。

兄から授けられた己の大切な役目を、どうすれば果たすことができるのか。

その戦いは、長く、辛く——そして、最後には空しいものであった。

——人の世とは、なんと無惨なものであろう。

車が、邸の門へとたどり着いた。

——妙に、昔のことばかり思い出されること。

歳を取ったということかしらと、邸へ帰り着き独言ちていると、侍女の一人が取り次ぎに出た様子である。

「御台さま。お文でございます」

ほどなく戻ってきた侍女の手には、薄様の結び文があった。名宛ても署名もなく、女手に認めてある文を、侍女は当然のごとく即座に富子に手渡した。

それが主上からのものであることは開いて見ずとも分かっている。特に中身などない、先ほどの訪ないへのお礼の挨拶文であろう。

男女の逢瀬のあと、後朝に交わす文は、早いほど情の深い証しとされる。さような色めいたやりとりではもちろんないが、対面したあとに文が早く届くのは、いかなる場合であってもやはり好ましく、かような公家風の習慣が、富子には嬉しい。

「……尼姿にても変わりなき麗しきご尊顔を拝し、過ぎし日の思いに心熱く候、また……」

時候の挨拶のみのはずの文が、どことなく恋文めいてくるのは仮名書状の常であるが、「過ぎし日の」などと書かれると、ついほろ苦い追憶の続きに引き込まれそうになる。

――この主上もいろいろと。

富子の侍女に、昔、兼子という者がいた。

「御台さま。私、お暇をいただきたく存じます」

「いかがしたのか。そなた、まだここへ参って半年も経たぬのに」

　あの頃、兼子は十五、六だったろうか。富子より十くらい年少だったはずだ。

　身分出自は決して高くないものの、歌の知識もあり機転も利く兼子を、富子は気に入り、心中密かに彼女と自分とを、古(いにしえ)の王朝歌人、清少納言と皇后定子(ていし)に比定(なずらえ)てみるほどだったのに、いきなりやめたいと言ってきたので、富子は驚いた。

「なにゆえですか。何か不都合なことがあるなら、遠慮なく申しなさい。理由も告げずにやめるというのは許しません」

　手放すのがどうしても惜しくて、つい詰問するような口調になってしまったが、兼子は頑として理由を言わなかった。

——もしかして。

　一つだけ、富子の方に思い当たることがあった。

「そなた、もしや、宮さまから」

「申し訳ありませぬ。このままでは、宮さまにも、御台さまにもご迷惑がかかると思いまして」

　隠しきれぬと思ったのか、兼子は後土御門(ごつちみかど)天皇——その時はまだ成仁(ふさひと)親王と申し上げた——との仲を富子に打ち明けた。兼子が富子のもとに来てすぐの頃、皇族方を数名、お忍びでこちらの御所に招いて連歌の会を催したことがあったのだが、その時に見初められたらしい。

「宮さまは、いずれ帝の御位にお即きになるかもしれぬお方です。なのに、私などと関わりがあると分かったら……。そう申し上げたのですが」

将軍家の御台所に仕える女との密通は、誰であろうと、本来ならば不義として処罰される事柄である。もしこの件が義政をはじめとする幕府方の誰彼の耳に入り、公にされる、あるいは、政争の具の一つとして駆け引きに用いられれば、皇位継承にも差し障りかねない。兼子の出自があまり高いとは言えぬのも、問題になりそうである。

兼子が今慌てて富子のところから去ろうとしているのは、近々また同様の連歌の会が予定されているからだろう。

「兼子。この件、私に預けなさい。だいじょうぶ、悪いようにはせぬから」

兼子は不安そうな顔をしたが、黙ってうなずいた。

連歌の会の前日、こちらの御所に顔を見せた親王に、富子は「お話ししたいことがある」と手紙を出し、こっそりと宿所を訪ねていった。

「宮さま。お話と申しますのは、兼子のことでございます。いかなるお心づもりでしょう」

一時の慰みものにするなら許さない。言外に深く、その思いを込めた。

「やはりそのことでしたか」

こんなところを誰かに見られては、富子もなんと言われるか知れぬ。手短にと、核心を突いた詰問に、親王の答えはきっぱりとしていた。

「兼子を妻にできるのなら、帝の位など要(い)りませぬ。私はそう思っております」

むしろ親王の方が予期して、心を決めていたらしい。こちらが気圧(けお)されるほどの、潔い答えだった。

「分かりました。いずれ、兼子が宮さまのもとへ参れるようにいたしましょう」

「御台どの。御礼申し上げる」

親王は涙ぐんでいた。

「お会いになりたいでしょう、すぐにでも」

親王の身分と兼子の立場を思えば、今日を逃せば、次に会える機会はまたいつになるか分からぬだろう。

「私が案内いたします。お支度を」

公家の装束で将軍御所を往来すれば目立つのみならず衣擦(きぬず)れもやかましい。富子は親王に肌小袖と大口袴(おおくちばかま)だけの姿になるように言うと、その頭の上から自分の打掛をふわりとかけた。

「畏れ多いですが、どうぞお許しを。これならば、私が誰か侍女と歩いているように見えるはずです」

「御台……。この恩は決して忘れぬ」

紙燭(しそく)を持ち、親王を案内していった時の兼子の驚いた顔――。

――楽しかったこと。

まるで〈小督(こごう)〉のようだったと、富子は「平家物語」の一節まで引き合いに出してしまう。

――ならば私が仲国(なかくに)ね。

高倉天皇のために恋人を探してやったのは、確か源(みなもとの)仲国だったか。金春禅竹(こんぱるぜんちく)の申楽(さるがく)でも見た覚えがある。

ともあれ富子は、この後も二人の仲が表に漏れぬよう尽力した。親王が即位してからは、兼子がかつて内大臣までつとめた花山院持忠(かざんいんもちただ)の娘として、後宮へと入れるように取り計らってやった。富子から花山院家に多くの銭が渡ったことは言うまでもない。骨折った甲斐あって、主上の寵愛はずっと衰えることがないようで、兼子は皇女二人、皇子二人を産み参らせ、今も後宮で重きをなしている。

主上にせよ、兼子にせよ、富子には恩義を感じているにちがいない。

――でもあれは、恩を売るつもりでしたことではないから。

二人が真実、心惹かれあっている様子であったのが、富子には微笑ましく、また羨ましくもあり――そして、心から、加勢してやりたかっただけである。

だから、断じて、あれは駆け引きではない。

恋――。

富子には、縁のなかったものだ。

筆を執り、急ぎ、失礼にならぬ程度に決まり切った語句を並べて文を認めると、侍女に渡した。

「これを、な。梅の枝と共に差し上げて」

二

起床、身清め、読経、朝餉、写経……。

規則正しい出家の日課の合間に、参内して主上や上臈たちのご機嫌を伺い、歓談の時を過ごす。

普通の公家の女なら、申し分なき余生と言えるのであろう。

「御台さま、ご献上の品々はこれでよろしうございますか」

「そうよの。三月の初めに差し上げるものゆえ。ああ、櫛はもう三つ。先日差し上げた匂い袋と数が合うようにしなければ。お真魚は届き次第報せるように」

「はい」

毎年、三月、上巳の節句を迎える頃になると、富子の心は騒ぐ。

梅、桜と春の恵みの枝を幾度も幾度も御所へ差し上げながら、いつしかそれが義尚を送る花のように思えてくる。

――いくさ繁き今の世では、子に先立たれる母は、数多いるのではあろうけれど。

開きかける追憶の扉を、侍女の声が押し戻した。

「御台さま、お真魚もお手配どおり。二色届いております。妾も支度をしよう」

「さようか。それでは御荷を調えておくれ。妾も支度をしよう」

尼の支度は簡略である。豪奢な打掛を誂えて幕府の威勢を示していた頃が全く懐かしくないわけではないが、折に触れ簡素に無駄なく済んでしまう尼の暮らしは、存外、性に合っている気もする。

荷が調う間、この度の費用を帳面に付け、手箱の銭と照らしてみた。

じゃりんと、まとまっていない銭が揺れて、音を立てた。

落魄寸前だった日野家を建て直し、大臣にまで昇りつめた兄は「物を頼むに、金子を持たずに参る者の言うことなぞ聞けぬ」と公言して憚らず、「押大臣」とまであだ名された。

その兄に学んだ、銭で銭を殖やす術が、ずっと富子を支え続けた。それがなかったら、もうずいぶん前に、富子だけでなく、幕府も朝廷も、無惨な有様に成り果てていたことだろう。

……胴欲御台の御倉には、貯めも貯めたり八万貫、いや十万貫……

巷間に、かような戯れ歌が囃したてられたりもするらしい。

実際にはそこまでの金高ではなけれど、それでも相当の財が、富子の手許に今残っていることは確かである。

――妾が死んだら、あの財はどうなるのであろう。

夫も息子も先に逝ってしまった。

義尚は結局子を残さなかったので、富子の財は娘のものになってそのまま寺の財となるか、あるいは、義尚の従弟にあたる今の将軍が、何らか権利を主張するだろうか。

いずれと考えても、何か、張り合いのない気がした。

かようなことを思うのは、初めてである。

銭が惜しいというのではない。ただ何とやらん、淋しかった。

「御台さま、お支度が調いました」

荷車と牛車が、ゆるゆると動き出した。

「何者。控え、控え」

「捕らえよ、捕らえよ」

がくんと車が止まった。侍たちが、何者か、取り押さえているらしい。

「御台。業突婆ぁ。胴欲婆ぁ。おまえは仇だ。殺してやる。殺してやる」

「止めぬか。これ」

「うわぁ、放せ。放さぬなら、殺せ、殺せえ」

物見窓から見ると、何やら子どものようである。

「御台さま、この者、小刀を振りかざして突進して参りました。侍所(さむらいどころ)へ引き渡しますか」

「うむ。捨て置くわけにもいかぬであろう。さようせい」

「は」

わめき暴れる子どもを、侍は後ろ手に縛り上げ、猿轡(さるぐつわ)を噛ませた。縛(いまし)められた口から唸るような音を絞りながら、そそけた髪の隙間からこちらを睨(にら)み付けている。十二、三だろうか。

「痛っ」

侍が声を上げた。縛り上げられながらも、子どもは総身の力を振り絞って侍に体当たりや頭突きを試みて、激しく暴れ回っている。

――おや？

ぼろの着物がはだけ、瘦せぎすの身体ながら、女子であると見えた。風体振る舞いから男子と決めこんでいた富子は、思わず車の簾(すだれ)を上げた。

「待て」

痛そうに顔を歪(ゆが)めている侍に、富子は改めて声を掛けた。

「引き渡すのは後じゃ。その者、妾が戻るまで、庭の松にでも縛っておけ」

「は」

侍は怪訝そうな顔をしたが、異を唱えることはせず、女子を引きずっていった。

何事もなかったかのように、車が動き出す。

……おまえは仇だ。

聞き間違いではない。女子は、自分を仇と言った。

あの者には全く見覚えはないが、人の恨みなら、おそらくいかなる倉にも収めきれぬほど買ってきただろう。義政の正室となった、十六の時から。

酒にも女にも溺れ、政には無力と散々な評判のうちに、富子より先に彼岸へ行ってしまった義政。では一片の情愛もなかったのかと自分に問えば、富子は正直、返答に迷う。

嬌態を作り媚を売る側女たちと同等になるのを望まなかった富子は、正室としてどうあれば良いだろう、と思案した。

世継ぎを儲けなければならぬことは十分承知していたが、色香を競うのは無益に思えた。

答えは意外な所から見つかった。

義政の最も苦手なことが、富子には得意だったからである。

義政は、酒、女と同じくらい、いやそれ以上に、建物や庭の普請、室内の細工などが好きだった。匠や河原者を直に召して図面の説明を求め、時には自ら指図を出すほど熱中していた。

実際、義政の声がかりで出来た庭や建物は、見渡せる景色から建具調度の色使い、窓や棚の高さ広さに至るまで細かに計算が行き届いていて、富子も心を奪われた。

されど、景色の計算は確かな義政は、銭の計算が不得手だった。好みの柱一木(いちぼく)の値(あたい)は分かっても、その分の銭をどこからどうすれば集められるのかは全く見込めぬ、見込もうともせぬ人である。民救済のための施行(せぎょう)には百貫文なのに、普請となるとその何倍もの銭を惜しみなく使う公方に、幕臣は皆冷ややかで、銭の不足で中途になった普請は、公方の無能ぶりの象徴と見られていた。

側女に現(うつつ)を抜かす男、心から恋しいとは思えぬ男であっても、夫と呼ぶ人が無能呼ばわりされるのを、富子は我慢ならなかった。

普請の費用の不足を、兄勝光に持たせてもらった多額の持参金から工面して思い切りよく払い、義政に望み通りの普請を進めさせた。

会所の新造が成ると、義政は満面の笑みで案内してくれた。

水の流れる音に、静けさがいっそう際立つ。

「御台。ほら、この庭は、秋になるとこのように、苔と紅葉が錦を織りなすように見えるのだ。かくまで心づもりのとおりに成ったのは、そなたのおかげじゃ」

秋の日が木々の長い影を作る。

心地よい風に揺れる紅葉の影に、重なる人影は自分と夫の二つだけ、他の侍女の姿は一切ない。

女で最初に足を踏み入れたのは自分だと分かった時、胸がつぶつぶと鳴った。

「美しいこと。素晴らしき眺めでございますね」

紅、橙、萌黄（もえぎ）、そして深い緑。紅葉の名所として名高い龍田山（たつたやま）にも負けぬ錦である。ため息の出るほど美しきこの景色は、義政が普請を手がけたものであるが、自分が銭を出してこそ、成ったものでもあるのだ。頬が紅潮してくるのが分かった。

引き続く義政の普請を援助するため、富子は兄のやり方を真似、銭で銭を殖やしていった。

持参金の残りと、自分の料所となった土地から上がる利益も合わせて、決して人任せにせず、相場を学んだり、余分の銭を商人に貸したりした。

やがて富子の才覚は、幕府の財政にも生かされた。

関所に税をかけたり、相場を左右する商人たちと渡り合ったりするのは、義政に代わって、専ら（もっぱ）富子の役目になっていた。

そんな頃、長女の聖子が生まれた。

男子を望む周囲は皆失望を隠しきれぬ様子であったが、お今局の呪詛にあって——呪詛に負けて亡くしたとは思いたくなかったが、確かにさようなこともしかねぬ女だという恐怖と嫌悪は、富子にずっとつきまとっていた——最初の子を死産で喪った富子にとっては、まだまだ自分が女としても有用であると義政に示せたようで、希望が見えていた。

潤沢な財で夫を支え、お世継ぎを産む可能性も十分にある御台所。十分に理想的な妻であると、二十五歳の富子は己に自信を持っていた。

——それを。

今でも、富子には、かの折の夫の気持ちは分からぬ。

三

二十六歳の時、富子は男子を産んだ。

待望されたはずのお世継ぎ誕生を、無益な跡目争いと、聞くに堪えぬ中傷とによって台無しにしたのは、他でもない夫義政その人だった。

弟である浄土寺門跡、義尋を還俗させ、次の将軍とする——富子が男子を産む前年に、義政は誰が聞いても首を傾げるような後継指名をしてしまった。

まだ三十前の夫がなぜそのようなことをしたのか。その心底は今もなお、闇の中である。

実母の重子が亡くなって投げやりになったのだとか、早く隠居して風雅三昧に浸りたかったのだとか、政が思うようにならなくて嫌気が差したのだとか、様々に取り沙汰された。

――それでもまだ、あの時は。

自分が男子を産む前のことだったから、富子も辛うじて気持ちを抑え、還俗して義視と名乗るようになった夫の弟を受け入れようと、自分の妹である良子を正室として嫁がせた。

とりあえず味方に引き入れれば良い――日野家との縁でしっかりつないでおけば、義視が将軍の座に就いても、兄の勝光が万事うまく取り計らってくれる。また、もし遠からず富子に男子が生まれれば、義視はきっと後継者となることを辞退するだろうし、義政もさすがに「それでも義視に」とは言うまい――そこまで考えた上での縁組みだった。

――なのに。

待ちに待った男子誕生。天にも昇るほどの富子の喜びを、義政はまるではじめからなかったことのように握りつぶした。

我が血を引く男子が誕生したのだから、当然、弟を後継にする考えは白紙に戻してくれるものとばかり思っていた富子に、義政は途方もない疑いをかけたのだ。

「御台の産んだ男子は、儂の子ではあるまい。主上の胤であろう」

子を産んだ自分を置いて、別の第に引き移ってしまった義政がそう言っていると聞いた時の怒り、口惜しさは、誰にも分かるまい。

兼子との縁もあり、お手許不如意の朝廷を見るに見かね、諸儀式の費用など何かと面倒を見たことは事実だが、それもすべて、幕府、将軍家にも良かれと思ってのことである。

感謝されこそすれ、なぜ、謂われもなき中傷を受けねばならぬのか。

以後、富子は生まれた男子を将軍の後継とすることのみに己の力を注いだ。

義政の機嫌を取った方が良い時は銭を出したが、そうでない時は一文たりとも出さずに捨て置いた。亡父である先々代公方義教の法要さえままならぬ有様に、富子の存在がどれほど大きいか、義政は思い知らされたはずである。

一方で、息子の味方をしてくれる幕臣には、口添えでも銭でも惜しまずにくれてやった。

伊勢貞親、山名宗全、細川勝元……義尚の支持を固めたい余り、対立している諸将の双方構わず銭を用立ててやって、「狸婆」「胴欲婆」と陰口を叩かれることも度々だった。応仁、文明と続いた争乱の最大の元凶は、実は御台所富子であると名指しもされた。

——何と言われようと構わぬ。

息子の義尚こそ、正しく後継者なのだから。

念願叶い、義尚は九歳で将軍の座に就いた。口さがない人々は、この頃もまだ密かに義尚の出生について陰口を利いていたようではあるが。

されど、義尚が紛（まぎ）れもなく義政の子であることは、長ずるにつれて残酷に証明された。

幼き頃の義尚は、利発で母の言うことをよく聞いた。

漢学は小槻宿禰雅久（おづきのすくねまさひさ）、神学は卜部兼倶（うらべかねとも）、和学は三条西実隆（さんじょうにしさねたか）、一条兼良（いちじょうかねら）、飯尾宗祇（いいおそうぎ）。

故実作法は伊勢貞宗（さだむね）、大館尚氏（おおだちひさうじ）、弓馬術は小笠原長朝（おがさわらながとも）……。

富子は息子の養育には銭に糸目を付けず最善の師を人選した。義尚も母の期待によく応えてくれた。

これならば、未だ将軍の座に未練を見せる義視について蒸し返されたりはすまいと富子はしばし安心した。

が、穏やかだったのは、ほんの数年だった。

文明十三（１４８１）年の正月のことだ。

「御台さま。公方さまには、お年賀にお出ましの刻限でございますが」

侍女が、義尚に出座を促してきた。

「済まぬが、今日はどなたにもお目にかかれぬと、お断り申しておくれ」

「しかし、新年のご挨拶にお出での方々に、このままお帰りくださいとは」

「分かっておる。分かっておるが、どうにもならぬのじゃ。とにかく、そう言うておくれ」

困惑する侍女の目の前で、富子は障子をぴたりと閉じた。

——父子で、何と情けなきことを。

大勢の公家、幕臣がどよめきながら帰途に就いていく音が、わらわらと耳に響く。

何がどう邪推されているだろう。

あの様子では、夫の義政は近いうちにまたこっそり別第へ逃げ出してしまうに違いない。飽きもせず、新たな山荘の普請を思案し始めているという義政には、妻からも息子からも逃げ出す格好の口実ができてしまったのかもしれぬ。

昨年、十六になった義尚は正室を迎えた。勝光の娘で、富子には姪にあたる女である。至極当然の縁組みだったのだが、残念なことに義尚はこの正室に見向きもせず、次から次に幾人もの側女を置くようになった。

仕方あるまいと暫く静観していた富子を嘲笑(あざわら)うように、思いも寄らぬことが起きた。父義政が寵愛する側女を、義尚が気に入って、我が方に連れ去ってしまったのである。

徳大寺(とくだいじ)家の娘であるこの女は、義政にいたく気に入られていたらしく、新年早々、醜き言い争いとなった。

「世迷言（よまいごと）は止めぬか。そなたは武家の長たる将軍ぞ。長幼の序というものを知らぬか」

「女を得るにも長幼とは、笑止千万。さようなこと、父上に言われとうはございませぬ」

「何を申すか。未だ評定一つまともに捌（さば）けぬ未熟者が、父に物申すか、戯（たわ）けめ」

「戯けで結構でございます。ああ、戯けになりましょう。ほれ、このとおり」

ただならぬ二人の声に富子が駆けつけた時には、既に義尚は己で小刀を抜き、髻（もとどり）を切ってしまっていた。

　義政は黙って反対側の廊下から出て行ってしまい、富子の目の前には、散切り頭の義尚と無惨に落ちた髻とが残された。

「そなた、なぜまた、さように早まった真似を。それでは当分、人前に出られぬではありませぬか」

　母の涙声を尻目に、義尚はざんばらになった頭をぶんと振り、赤味を帯びた目でこちらを一瞥（いちべつ）すると、黙ったまま自室へ向かってしまった。

　富子に出来るのは、当分義尚を奥に閉じこめ、髷のない情けない姿を人目に晒さぬよう、従者たちに命ずることだけであろう。

　饐（す）えた酒の残り香が、富子の鼻を刺した。

　――この香は夫か、それとも。

昨年の夏にも、義尚が父と言い争ってやはり髻を切ってしまったことがある。原因は、評定を巡る意見の相違であった。

義尚の判断の方が公正ではあったのだが、訴訟の当事者が義政を幼い頃から支えてきた烏丸資任であった為、配慮せざるを得ないと、両親して義尚を説き伏せたのである。説き伏せながらもその時は、若者らしき義にあふれた言い分を息子の成長の証しと感じて、富子は密かに嬉しく思っていた。

徐々に政にも十分才を発揮するであろう、髻を切るなど、いささか激情に過ぎる行いではあるが、大人び行けば少しずつ落ち着いていくであろう、と。

——側女を巡って父と争うとは。

兄さまがご存命であれば、と富子はつくづく孤独を噛みしめた。

勝光だけではない。伊勢貞親、山名宗全、細川勝元ら、かような折に父子の双方に意見できそうな大立者は、この数年でみな相次いで亡くなってしまっていた。

側女の一件以来、義尚は荒れ始めた。

母を別第に斥け、深酒を呷り、数多の側女を侍らせる。蕩とした目で人を見る顔は「儂の子ではあるまい」と言った義政に瓜二つであった。

義尚の暮らしの荒みとまるで歩調を合わせるように、先の騒乱で燻っていた火種があちこちで炎を上げ始めた。とりわけ、都に近い近江を巡る争いは激しさを増した。

長享（ちょうきょう）元（1487）年。

二十三歳になった義尚は、近江の争いの鎮圧に熱中していた。守護である六角高頼（ろっかくたかより）が武力を用いて幕臣や寺社の領を次々と奪ったため、幕府には数多くの訴えが出されていた。

「六角を討伐いたす。即刻兵を集めよ」

再三の命令を無視する六角に怒った義尚は、八月になると遂に討伐の命を出した。兵を差し向けるのみならず、自ら軍を率いると宣言し、世を驚かせた。

足利将軍家とは言いながら、将軍自身の出陣は三代義満以来なかったことである。父の義政は無論、圧政で聞こえた祖父義教でさえ、実戦の軍陣は経験していない。

富子は不安だった。

義尚の決意は雄々しいが、どこか空虚な気がしてならない。あの息子に軍など統制出来るのか。若く逸る（はや）だけの近臣に踊らされているのではないか。

されど、もはや息子は母の言になど、耳を傾けてはくれぬ。

富子にできるのは、財を以て軍備に力を添えてやることだけだった。義尚のいくさ装束には赤地金襴（きんらん）の鎧直垂（よろいひたたれ）と、白き駿馬（しゅんめ）を用意してやった。

そうしてそれは、虚しい結末を迎えた。

四

長享三（1489）年三月二十六日。

梅も桜も散り終わる春の末、義尚は近江国、鈎陣（まがりのじん）で亡くなった。

都を出陣して一年半、初めこそ大軍に物を言わせて勝利を収めたものの、次第にその陣は、酒色の中、戦勝後の権利を近臣たちが競って恣（ほしいまま）にする、饐えた場へと変わったという。

危篤の報に、富子が駆けつけたのは十八日のことだった。

血の混じった黄色の目で、息子は母を弱々しく見上げた。もはや言葉を発することも出来なくなっていたようだった。

「尽くせる手はないのか。薬でも、何でも。銭はいかほどでも構わぬ」

保（も）って後三日だと言う医師を叱りつけてはみたが、無駄であった。義尚の脈を取りながら、「かほどに酒毒と荒淫（こういん）では」とつぶやいた医師の手を、富子は払いのけた。

「もうよい。聞きとうない」

土気色の顔を撫でさする。突き出た頬骨の手触りに、富子の涙は止まらなくなった。

「何も口にせぬのか」

「水が、精一杯でございます」

富子は持参してきた糖蜜を湯で溶きのばし、小さな匙を使って一滴ずつ、唇を湿すようにゆっくりと時をかけて注ぎ入れた。

唐黒とも呼ばれる糖蜜は滋養強壮の薬として用いられるが、唐渡りでしかもたらされぬ希少な品である。ほんの小さな塊でさえ、同じ重さの金を積んでもなかなか手に入らぬのを、あちこち手を尽くして無理矢理買い入れ、持参してきたのだ。

夜になると、自分の床を義尚の隣に敷いた。

息子の呼吸を聞いていたかった。苦しげに、呼吸の度に揺れる肩が切なくて、身体を抱くようにして横になった。

義尚はなされるがまま、頭を母に預けるようにしていたが、やがて、富子は自分の胸のあたりがしとどに濡れるのを感じた。

そっと拭い、拭った指を目に近づけてみると、それは赤黒かった。不気味な色とぬるぬるとした手触りに、病魔が息子の身体を隅々まで蝕み尽くしているのを感じた。

――代わってやりたい。神さま、御仏さま。

布施でも寄進でも、いくらでも出しましょう。すべてをかき集めましょう。

それでは不足だ、わが命を差し出せというなら、もちろん、それも厭いませぬ。

ですから、どうぞ。

　富子にできることはもはや、祈ることだけになっていた。

　思えば、富子が心底から神仏に祈ったのは、これが最初で最後であったかもしれぬ。

　糖蜜と母の添い寝とは、後三日と言われた命を、辛うじて数日は延ばしたらしい。が、それまでだった。

　吐血の後は、もう薄い糖蜜すら義尚の口を通らなかった。黄金色の滴が唇の端からぽたぽたとこぼれ落ち、頬に筋をつけていく。

　それでもなお、小さな匙で唇を湿し続けていた母は、やがて、息子の呼吸の音がしていないこと、体がすでに冷たくなっていることを受け入れねばならなかった。

「亡骸が、できるだけ形が変わらぬような方法はありませぬか。京まで、なんとかこのまま連れて帰りたい」

　富子は同行していた細川政元に尋ねてみた。

「形が変わらぬ……？」

　政元は首を傾げたが、やがて富子の意――「腐らぬ」という言葉をどうしても使えなかった――を悟ったようで、知識のある者に尋ねてくれた。

「お体に水銀を入れると良いということですが」

　水銀。

「いかほどかかっても良い。せめてそれだけでも」

口、耳、鼻から水銀が注がれた。黄金の蜜が通らなかった口に注がれていく不思議な滴を見ると、富子の涙はさらに溢れた。

三月三十日。

息子の亡骸と共に、富子は鈎(まがり)から戻った。

陣中の死と言いながら、それが病死であったのを、将軍らしからぬ最期と陰口を叩く者が多いことは富子も知っている。されど、富子にとってみれば、病であればこそ最期の床に駆けつけることができたのが、唯一つの幸いとでも思うしかなかった。

あれから五年。

春は、変わらず巡ってくる。

我が子を喪った哀しみに浸るのみの暮らしは許されず、将軍の後継、幕府の財政と、油断のならぬ事態がしばらく続いたが、昨年頃から次第に、世の趨勢(すうせい)は自分の手から遠ざかっている。

それでも、こうして富子が主上の御所を訪れるのを、「今度は何を企もうというのだ」とうろんな目で見る者が多いことは、富子自身もよく分かっていた。

——言いたい者は、何とでも言うが良い。

春の日、持参した酒肴、花、お道具の数々は御所の人々に喜ばれた。上巳の節句の宴を富子が主催したような形になって、一日長逗留となった。

戻ってきた時には日暮れ近くなっていた。

湯茶の用意を言いつけると、侍女が困った顔で「あの」と切り出した。

「庭の者は、いかがなさいますので」

出がけに起きたことをすっかり忘れていた富子は、ああ、と声を上げた。

「そうであった。湯茶は後じゃ。松明(たいまつ)を持て」

女子は木の根元で眠っていた。手足に無数の擦り傷がある。

侍女の話では、縛られた後もかなり長い間、暴れたり唸ったりしていたらしい。

「これ。起きゃれ」

びくりと身体を震わせた女子は、自分の置かれた状況を思い出したのか、目を見開いてこちらを見つめた。黒い瞳に松明の炎が赤々と映って、まるで異形(いぎょう)の者である。

「妾を、仇と申したな。穏やかでない。その理由、聞かせてみよ」

言いながら、猿轡を外してやった。嚙みつきでもしてくるかと思ったが、女子は観念したように黙っている。

「これ。口がきけぬか。今朝の勢いはいかがした。言うてみよ」

「銭」

「銭。銭がどうした。欲しいのか。いくら要る」

「違う。みんな銭のせいだ、銭が仇じゃとお母が言った」

ほう、それはそれは、と大げさに驚いて見せると、女子は頭を屹と持ち上げた。油気のない髪が目のあたりにばさりと覆いかぶさった。

「何でもかんでも銭の要る世の中になった。暮らしが立たなくなった。お父が去んだのも、お前を売らねばならぬのも、銭のせいだと」

「それが、妾とどう関わるのじゃ」

「お母は言うていた。何でも銭の世になったのは、御台のせいだ。御台は貧乏人の仇じゃと」

「その母は、今どうしているのじゃ」

「死んだ」

ぼつぼつと口を開きだした女子は、父と母が町で商売をしていたこと、借りた銭の利子が膨らみ、父が行方知れずになったこと、自分が人買いに売られたこと、母の死に目にあわせてもらえなかったこと、売られた先を逃げ出してきたことなどを崩し語りに話した。

「それで、妾を殺そうと思うたか」

女子は頷いた。

ばちばちと、松明の燃え続ける音が響く。

「妾を殺すと、母が生き返るか。父が戻るか」

ざんばらの髪が揺れ、その隙間から覗く目が瞬いた。

「それとも、妾を殺すと、幾らかにでもなるか。千疋か、万疋か。……さような端銭で殺されては堪らぬがの」

女子は黙って応えない。

「かように己が命張って、人の命奪おうと申すに、何の計算もなしか。情けないのう。それでは、母の仇など討つこと、ならぬではないか」

富子は女子の髪を手でかき上げ、瞳を覗き込んだ。

「そなた。真に仇を討つ気があるか」

燃える目が富子の顔を射貫くように見た。

「どうじゃ。この富子から、銭、巻き上げてみよ」

五

女子をとらえてから十日ほどを経た、午後のことである。

――さて、今日の首尾は、いかがであろう。

富子の手許には、新しく綴じた冊子があった。丁を一枚ずつ、めくってみる。

花　作り花　人形　まり………

帳面に書かれたたどたどしい字を見ながら、富子はなんとなく愉快な気持ちになっていた。仕入れて売るつもりの品目や、実際に売れた数、利の高などの覚え書きである。

――昨日は、いくらか利。その前は……、大きく損か。

もう少し手習いも上達せぬと、このままでは先々困るであろう。手本を作ってやろうかと、富子はいろは歌を一字ずつ、分かち書きにしてみた。

――公家の子女ではないのだから。

三十一文字の連綿などより、まずはきっちりとした字だ。いずれは簡単な漢字なども覚えさせてやりたい。

――算木(さんぎ)なども、少しは使えた方が良かろうか。

銭の計算には明るそうだから、すぐに使えるようになるだろう。算学は普通、公家の子女の教養ではないが、富子は兄のおかげで、いくらか心得がある。

「ただ今戻りました」

夕刻、すっかり荷の軽くなった荷車を曳(ひ)きながら、小さな体が庭へ入ってきた。

「おや、今日はずいぶん軽くなって戻ったではないか」

「はい、おかげさまで。ただ商いとしては、今日は今一つでございました」

こざっぱりした小袖と、油で撫でつけられた髪は、まるで別人のようだが、まぎれもなく、松の木に縛られていた女子である。

――ものの言いようも、落ち着いてきたようじゃ。

ぶっきらぼうに吐き捨てる口調は鳴りを潜め、代わりにいくらかこましゃくれた、大人びた口を利く。

富子は、荷車を一両貸し与え、雛女（ひなじょ）という名も与えて小商売（こあきない）をさせていた。はじめの五日ほどで、雛女は「鴨川の河原、特に五条の橋から四条までが賑わっていて、しかも花がよく売れている」と感じたらしい。その理由を考えてみよと富子が言うと、雛女はいくらか首を傾げてから「女郎屋が多い」と言った。

女郎屋に行こうとする男たちが、馴染みの女郎へのちょっとした手土産にと買っていくという。

「すぐに枯れちまう、生きてる花なんて買ってくれるより、他のものの方がいいように、あたしには思えるんですが、どうもそうじゃないんだそうです」――もう一つ得心がいかないとでも言いたげに、雛女は答えた。

以来富子は、自分の所領に咲く花の枝を、雛女が安価に手に入れられるよう、取り計らってやっている。

「今一つというわりには、そなた何か、愉快そうじゃの」

「あ、はい。いささか」

後ろ首のあたりで一つにまとめた髪の元結いに、明るい黄色が映えている。雛女が近頃よく売っている山吹の枝が、元結いに挿してあった。

「実は今日は、酔った侍たちが、花を置いていた台につまずいてしまいまして……」

「またか。先日は、暴れ馬に遭ったと」

五条の橋は、長らく落ちたままであった。新たに架かったのは、確か富子が聖子を身ごもった頃だったろうか。願阿弥とかいう時衆の者が、しきりに勧進をして架けたものだと、亡き義政から聞いたことがある。

一時は死屍の放置される荒野と化していたあの辺りが、今の如く賑わいを取り戻したのは橋が架かって以来だという。一方で諸国から京へ流れてきた者の往来が激しく、何かと騒然とすることの多い場所にもなっており、懐がわびしく供揃えの従者を十分に調えられない貧乏公家などは、うかつに近寄らぬようにしているとも聞く。

「それでは、また花が台無しになったであろう」

つまずいたのが侍では、おそらく代金を払ってはくれまい。それどころか、あべこべに「こちらが怪我をした」とかなんとか、因縁を付けられかねないところだ。

「はい。ただ、あたしの代わりに、その侍たちを追いかけていって、直談判してくれた者がおりまして」

雛女の顔に笑みが浮かんだ。痩せぎすの頬がいささか痛々しいが、もう少しふっくらすれば、決して見栄えの悪い娘ではなさそうに思える。

「花の代金として、いくらか取ってきてくれました。全額というわけにはいきませんが」

「ほう、それはまた」

町衆にも、情けや気骨のある者がいるらしい。

「それだけではなくて。実はその人は」

頭の後ろの黄色が揺れた。

「三日前に潰した花の代だと言って、銭をわざわざ払いにきた人だったのです」

そういえば、「馬が暴れて花が潰された」と、雛女がぶりぶり怒って帰ってきたのは三日前のことだった。「馬の主は、〝今は持ち合わせがないが、代はきっと払いに来る〟と申して逃げて行きましたけれど、あのような言い草、とうてい信じられませぬ。大損でございます」と、たいそうな嘆きようであったが。

「暴れ馬の主か」

うなずく雛女のこけた頰に、ほんのり朱が差した。

——若い男だろうか。その者は。

男など軽々しく信じてはならぬぞと思わず言いそうになったが、やめた。

己の身を以て思い知るより他に、どうしようもないことだ。

「それは何よりじゃったの……。さて、どうじゃ雛女。商売、続けていけそうか。今のところ、費用と利はおおよそ五分、もう少し利を上げねば、妾から借りた元手をすっかり返すまでにはならぬぞ」

「はい、心得ております」

雛女の声は力強かった。

「御台さま、どこかから、櫛や笄（こうがい）、髪油などを少し仕入れたいのですが、どうにかなりませぬか」

「櫛や笄？」

「はい。女郎屋へ通う男客が買いそうなものを、花と並べてみとうございます」

「良かろう。ただ、さような物となると、いっそう費用が嵩（かさ）むぞ。覚悟せよ」

うなずく目の強い光を、富子は頼もしく見た。血を分けた我が子の目には終（つい）ぞ浮かばなかった光だった。

結

今日は、母の献上の品は筍（たけのこ）であった。

大きな桶にゆったりと立てて入れ、上から米糠（こめぬか）をたっぷりと被せる。さらにその上を笹で覆って「みなさま、さあお掘り出しあそばせ」と相変わらず手の込んだ趣向、しかも各々の筍には「くし」「ふで」「すみ」などとお道具の名を書いた紙が結わえてあり、掘り出した人がもらえるとあって、御所はひとしきり賑わった。

聖子は、帰りの車を今日は母と同車で行くことにして、共に車寄せで待った。

「そなた。御寺では、もうじきお池に蓮が美しう咲くであろう。そうしたら、宮さまにお願いして、御所へ必ずご持参なされ。蕾を多くお切りしての。花器は妾が用意しておくほどに」

「ええ。そういたします」

変わらぬ行き届いた指図をええ、ええと聞きながら、聖子は母に一つ、尋ねたきことがあった。

「母さま。何やら、変わった者をお召し抱えになりましたとか」

車寄せから二人して乗り込むと、人伝に聞いた話を母に確かめた。

「おや、もうそなたにも聞こえておるか。人の噂とは早いものよのう。何というものやら。召し抱えたというのとは、いささか異なるかもしれぬ」

「町へ、花やら細工物やら売りに行かせていると聞きましたが、真実でございますか」

御台さまが女童を使って小商売をしている、何の真似か、間者にでもするかと噂されていると聞いて、母は一体何を始めたのかと、聖子は訝しく思っていたのであった。

「妾が行かせているのではない。あの者——雛女と呼んでおる——が、自分で行っておるのじゃ。仕入れる品も、売る場所も、雛女が自ら決めておる。妾はただ、元手を貸してやっておるだけよ」

母の倉には遣い切れぬ大層な銭があると聞く。

何故さようなくだくだしきやり方で童の小商売など助けようというのか、聖子には全く理解できなかった。

――まあでも、母さま、何やらお楽しそうな。

「いくさで、町は荒れてばかりおるのかと思うたが。四条の河原あたりでは、町衆が揃いの装束を仕立てて、踊ったり、唄ったりすることもあるそうな。さような所へ出くわすと、他愛ない作り物の花などでもよう売れると申しておったわ」

竹の画を描いた扇で、母ははたはたと風を作った。

聖子は小さくため息を吐いたが、それ以上、母に問うのは止めにした。

――もしかしたら。

春の日。くれそうでくれぬ、母のあだ名。

聖子や義尚といった、血のつながった子にはくれなかった何かを、母はその雛女とやらにくれてやろうとしているのかもしれぬ。

ふとそう思い至ると、寂しいような、されど安堵するような心持ちになった。

ゆるゆると小路を進む牛車の上に、雀が一時、羽を休めた。

景を造る男 ―足利義政―

序

「ち、父上には、ご、ご、ご機嫌……」

口が渇き、喉がつかえ、腹が痛む。

幾度も幾度も稽古させられた台詞（せりふ）が、身中にこわばりつく。手も足も、固く縛（いまし）められたように動かない。

「聞こえぬ」

重々しく、その場にいる者すべての気を凍らせるがごとく響く、父の声。切れ長の目が、まっすぐにこちらを睨（にら）んでいる。

「ちっ、ちっ、父上……」

答えようとすればするほど、総身が痺（しび）れ、声は出ない。やがて父の眦（まなじり）が裂けて、こめかみに青白い筋が浮く。

「聞こえぬぞ」

一

宝徳三（１４５１）年九月――。

「上さま。上さま。いかがなさいました」

柔らかい手が義成の頰を包み、それからそっと、額の汗を拭った。

――またこの夢か。

十一年前、初めて父に対面が叶った幼き日。懐かしくも慕わしくもない、ただただ恐ろしいだけの、おぼろげな景色。

「お今……」

「どうぞ、こちらにお召し替えを」

お今は乱れ箱から新しい帷子を取り出すと、汗に濡れた衣を慣れた手つきで義成の身から引き剝がし始めた。

出の遅い下弦の月。その細き明かりに、肌小袖に包まれたお今の胸乳の膨らみが揺れる。

義成は左手で片方の乳をむずと摑むと、右手で肌小袖の襟を乱暴にはだけさせ、もう一つの膨らみにむしゃぶり付きながら、お今を褥へ押し倒した。

「上さま、それではお着替えができませぬ……」

そう言いながらも、お今の体に、組み敷かれるのを厭う様子はない。父の悪夢を振り払うように、義成は若く猛々しい営みで総身を揺らした。

義成の夢の中では、常に鋭い眼光でこちらを睨んでいる父だが、亡くなった折、その首は胴に付いていなかったと聞いている。

足利幕府第六代将軍であった父義教は、播磨など三国の守護である赤松満祐の邸で暗殺された。義教の首は持ち去られ、赤松の兵の槍上に掲げられて、播磨の坂本にまで至った。

その後、交渉の果てに首がどうにか京へ戻った時には、死後十日余りが過ぎていた。以来、首のない義教の霊が、夜ごとに室町御所をさまようとの噂が後を絶たぬ。さようなこともあって、第八代の将軍となった義成の御所には、ここ烏丸第が当てられている。

揺れていた義成の背が一際鋭く反り返り、その口から深い吐息がこぼれた。

お今はその手でしばし義成の背を撫でた後、やはり慣れた様子で身をそっと外し、褥の乱れを整えた。

義成はようやく、浅い眠りに落ちていった。


翌日の午後のことである。

「上さま。お母上のお姿が見えませぬ」

「母上が？　どういうことだ。側の者は」

「それが、お行先を知る者がないというのです」

「なんだと。すぐに探せ」

将軍の生母の身に何かあっては、幕府の政(まつりごと)にも支障が出かねない。

探索に人を出させていると、管領(かんれい)の畠山持国(はたけやまもちくに)が目通りを願ってきた。

「何用じゃ」

「お母上のことでございますが」

「なんだ。何か知っておるのか」

「おそらくは、御(おん)自らのご出奔(しゅっぽん)ではないかと」

側に控えていた、義成の傅役(ふやく)、伊勢貞親(いせさだちか)が怪訝そうに持国を見た。

「はい。実は……」

持国によれば、母日野重子(ひのしげこ)は、先日義成が下した尾張国守護代をめぐる判断に、ひどく気分を害しているという。

「あの者の赦免は断じてならぬと、繰り返し仰せになっておいででしたが」

――そういうことか。

この守護代の赦免願いの訴状は、お今を頼って持ち込まれたものだった。重子はそれが気に入らぬのだろう。

「しかし、赦免の筋は決して誤ったものではない。吟味の上じゃ」

お今に絆（ほだ）されて偏（かたよ）った裁きをした覚えなど断じてない。義成はそう言ったが、持国は黙ったまま渋面（じゅうめん）を浮かべるばかりである。

「申し上げます。烏丸どのよりご書状でございます」

烏丸資任（すけとう）は義成の側近で、この烏丸第の本来の主である。

「……お母上は大覚寺（だいかくじ）に籠（こ）もっておいでになります。守護代の件、曲げてお譲りを。さもなくば、このままここで尼になるとの仰せ」

義成は書状に目を通し、憤然とした。

――譲れと申すか。

書状の内容を察したのだろう、貞親がゆっくりと諭すように言った。

「上さま。なんと言っても、生みの母御への孝養は大切です」

生みの母。乳をもらったことも、襁褓（むつき）を替えてもらったことも、添い寝をしてもらったこともない女。兄の七代将軍義勝（よしかつ）が死ぬまで、義成を資任に預けたまま顧（かえり）みなかった女だ。

それでも、母だと言い募るか。

「ご配慮を。さもなくば」

――父上のようになりまするぞ、か。

ご配慮を。貞親の口癖だ。

十六歳の義成に求められる態度はともかく配慮、そして中庸である。

人の話を偏りなく聞き、熟慮せよ。恨まれ、弑逆された父の轍を踏まぬよう。

「やむをえぬ。良きようにいたせ」

享徳二（1453）年の夏、十八歳になった義成は、御所に奉行が一人も出仕してこないという前代未聞の事態に直面していた。

「勝元は、まだ意を改めぬか」

理由は、昨年から管領をつとめる細川勝元にあった。勝元が、義成の申し入れを不服として辞意を突きつけてきており、奉行たちの動きはそれに追随するものだった。

義教の死後、義勝、義成と幼君が将軍職にあったため、管領の地位にある者が、本来将軍が下すべき政の判断を代わって行うことが当たり前になっていた。義成は、この管領任せの状態からできる限り早く抜け出せるよう、ここ数年にわたって、辛抱強く書状の山と向き合う時間を作ってきた。

先日、勝元が義成に無断でいくつもの下知状を出していることを見つけ、「改めるように」と申し入れた。すると勝元は不快に思ったようで「管領を辞職する」と伝えてきた。

――専横なことを。

父がしていたと聞くように、容赦なく人を処罰できたらどんなに良いだろう。

しかし今の義成に、さような力は無い。たちどころに多くの政務が滞るのは、今見せつけられているとおりである。

義成はやむなく、「元のごとく幕府を支えてほしい」と慰留の書状を送ったのだった。

「貞親。私は名を改めることにする」

「御名を、でございますか」

「そうじゃ。先日、真蘂(しんずい)が申していたであろう。我が名には〝戈(ほこ)〟が二つあると」

季瓊(きけい)真蘂は相国寺(しょうこくじ)の僧侶で、父義教の首を赤松から取り戻す折に力を尽くしてくれた者である。赤松と遠縁であることから、今は世を忍んで暮らしているが、義成は時折、真蘂のもとを訪れては、禅や漢籍について教えを乞うのを楽しみにしていた。

「義の字は父祖から受けつぐもの故、改めるわけにはいかぬが、せめてもう一字は、戈のない字に変えようと思う」

「さようですか……それで、新しい御名はいかに」

「義政としたいと思う。政の字じゃ」

そう聞くと、貞親は少し考えて、「御意」と返答した。

義成の名は帝から賜ったものゆえ、貞親が反対するかと思ったが、こちらの決意を重んじてくれたらしい。

戈は争いを象徴する文字であるという。義成にとってはもっとも煩わしいことだ。争いなどもってのほか、できれば己の身辺は深閑としていてもらいたい。

六月十三日、若き将軍は、新たに義政と名乗ることにした。

「勝元から、何か申状はないか」

「はあ……」

目を通すべき書状はあまたあるものの、己一人で裁可できるものは何一つない。

義政は早々に私室に戻ると、側の者たちに指図して、先日から始めた庭の造作を続けた。

「そこに白砂を積め。いやいや、もう少し右じゃ」

烏丸第の庭には池がある。義政は夜になると、空の月、池に映る月、二つの月を同時に眺めるのが楽しみだった。

池の手前に白い砂を敷き詰めると、もっと二面の月影が冴えるのではないか。そう考えて、しばらく前から、粒の揃った白い砂を探し出して敷くように指図を出していた。

「うむ、まあそれくらいで良かろう」

望月から下弦、有明と、夜ごとに少しずつ姿を変える月に合わせて、義政は日々、敷く砂の分量や形状を変えて、景色の移り変わりを楽しんでいた。

景色の変化とともに、夜ごと変えてみたのは、夜伽に侍る女であった。夏から秋へと風が移ろうこの頃は帳もまだ薄く、閨と庭、両方の景色を同時に楽しめる、良い時節である。

月が一度消え、七月になっても、勝元は何も言ってよこさない。義政はもう一度書状を認めて遣わし、出仕を促すことにした。

「お今を呼べ」

三日月の宵、義政が召したのはお今であった。

生母重子がこのお今をことのほか嫌悪し、たびたび御所から出せと申し入れているのには、理由がある。

お今はもとは、義政の乳母であった。

義教の横暴に耐えかねて、病床にあった重子に代わり、お今はその乳で義政を育み、襁褓を替え、さらに足利家の若君にふさわしい環境を整えた。長じては、閨の手ほどきをし、他の側女の選定まで取り仕切るなど、奥向きの事実上の責任者でもあった。

貞親らの注意深い傅育（ふいく）のおかげで影を潜めているものの、義政にも、やはり父譲りの癇性（かんしょう）で狭量な一面がある。調度の置き方、酒器や食器の扱いなど、気に入らねば不快を隠さぬ義政の御所において、保たれている平穏が、義政の好みを女たちにいちいち教え込み、徹底させる、お今の心づくしの賜物（たまもの）であることは、烏丸御所の周辺で知らぬ者はない。

勢い、諸方からの陳情がお今のもとに集まって、義政の目に触れることになる。

重子にしてみれば、生みの母の自分が軽んじられていると感じる場面も多々あり、面白くないのだろう。

——母だの乳母だのと。

うるさいことだ。

もとより義政自身には、もっとも気の置けぬ女であるはずなのだが、近頃、そのお今に対して、ふと苛立つような思いに駆られることがある。

「お今、参上（もうのぼ）りましてございます」

「うむ。酌をいたせ」

盃を干しながら、義政はお今にも酒を勧めた。

「……阿茶（あちゃ）は、なかなか興趣（きょうしゅ）のある女子じゃな。肌のきめが細やかで、従順なのが良い」

「さようですか。御意に適えば何よりでございます」

新しく側女になった阿茶は、さる公家の娘で、親を失って行き所がなかったのを、お今が手許に引き取って養育したという。

――してやったりの顔か。

装束の趣味、閨での行儀、義政の機嫌の取り方……何もかも、お今に教え込まれてきたのだろう。確かに非の打ち所のない女と見つつ、それを仕込んだお今に対し、むしろひどく嗜虐的な劣情が吹き上がってくるのを、義政はどうにも抑えきれなくなっていた。

「お今。向こうを向け」

「はい……。あ、あの、何を」

義政は何も答えず、ただ黙ったまま、お今の両の腕を頭の上で組ませ、それを緋色の絹紐で縛ると、さらに手巾で目隠しをし、褥の上に転がして装束を乱暴に引き剝いだ。

絹の裂ける音が薄闇に響き渡る。

「な、何をなさいます」

西の空、まだ赤味を帯びた雲の残る山の端に、先に沈んだ日を追うように、細い月が姿を見せた。

義政はその月とお今の裸体を交互に眺めながら、口に含んだ酒をちょろちょろと乳房に注いだり、濡れそぼった秘所を指や舌で弄んだりを、執拗に繰り返した。

薄明かりの下、三十路を過ぎたお今の腰が震え始めたのを見て取り、今度はその手を取って立たせ、座敷と庭に面した回廊との間の柱まで引きずっていく。戸惑う腕をいったん解き、強引に摑んで今度は柱に回させ、再び紐で縛めた。

「どうだ、眺めは。月が美しいであろう」

ようやく目隠しを外されたお今の目には涙が浮かんでいた。その体を背後から抱え、立ったまま、己の猛りをゆっくりと突き立てる。

「お、お許しを……」

か細い悲鳴と嗚咽が、お今の口から途絶えることなく漏れ続ける。

これまでに見たことのない忘我の姿に、義政はいつもの営みの愉悦とは違う思いを抱きながら、お今の体を揺らし続けた。

三日月がその夜一番の輝きを放つ頃、義政はようやく果て、お今を縛めていた紐を解いた。

柱のもとに頽れたお今は、いつまで経っても、常のように慣れた手つきで閨の始末をしようとはしなかった。

――ふん。

これが見たかったのだ。

三日月は山の端を漂うのみ、高くは昇らぬまま、やがて沈んでいく。

次の満月には阿茶を召そうと思いながら、義政はまだ銚子に残っていた酒を盃に空け、一気に飲み干した。

　七月の二十日になると、ようやく勝元が御所に姿を見せた。

「勝元、大義である。よろしう頼む」

「もったいなき仰せ。かしこまって承ります」

　言葉とは裏腹に、勝元はまだ肝(はら)に何やらあるようだった。前(さき)の管領、畠山持国と同道してきたことも、含みありげである。

「上さま。復職にあたりまして、お願いがございます」

「なんだ。遠慮のう、申してみよ」

「はい」

　勝元と持国が目交(ま)ぜをした。

「上さまが政に御意を向けられますこと、たいそう喜ばしく存じます。なればこそ、ぜひ、奸佞(かんねい)な側女の申すことは、御身から遠ざけていただきますよう」

　――奸佞な側女。

　お今のことか。

「間違っても、女子の睦言(むつごと)に政が左右されるなどと噂されては、幕府の権威に障ります。我らごときの働きにご期待くださるならば、そこをなにとぞ」

我らごとき。

謙遜のようだが、実は逆のことを言いたい物言いであることは、二人の目の底に滾るぎらぎらとした光を見れば分かる。

しょせん、母や乳母に振り回される若輩の将軍と、侮られているのだ。力を貸してほしくば、せめて女どもくらい黙らせよというのだろう。

「分かった。せいぜい気をつけよう」

「御意。それでは……」

どこに控えていたのか、奉行たちが次々に出仕してきた。滞ってうずたかく積まれていた書状の山が、少しずつ減っていく。

二十日の月の出は遅い。

多くの書状に名を書き、判を入れたせいか、夜、義政は肩や背にだるさを覚えていた。

——阿茶でも呼んで、揉ませるか。

そう思った義政だったが、口をついて出たのは別の名だった。

「お今。お今はおるか」

しかし、しばらくして姿を見せたのは阿茶だった。

「あの……お今さまは、今後、お褥はご遠慮させていただきたいと申されまして」

「なに？」

「なにとぞお許しをと。お許しがいただけないなら、お暇を賜りたいとのことでございます」

平伏する阿茶の髪がさらさらと鳴る。

――ふうん。

義政は阿茶の手を取り、こちらに引き寄せた。

「今日は疲れた。まず肩を揉め」

二

「まあ、なんて美しい眺めですこと。これを上さまが自らお指図なさったの？　見事ですわ」

庭の白砂を見ながら、富子（とみこ）が楽しげな声を上げた。

――妙に朗々とした女だ。

側女ではなく正室だというだけで、女の立ち居振る舞いとはかくも違うのだろうか。

――いや、そうではなかろう。

同じ日野家の女といっても、母の重子などとはまるで違う。

好みの女かと問われれば、さにあらず。月影の差す夜の閨では、むしろ興醒（きょうざ）めしかねぬ明朗さだ。

富子が烏丸第に上がったばかりの頃のことが、苦笑いとともに思い出された。

「目隠し？　まあ、いやですわ。さようなことをなさるのなら、私、下がらせていただきます」

幾度目かの閨で、目隠しをさせようとすると、富子は憤然と拒み、怒りの声を上げたのだ。

「何の意味がありまして？　さようなこと」

「あ、いや……済まぬ。ほんの戯れじゃ」

いかなることにせよ、閨での趣向を女から拒まれたことなどついぞなかった義政は、はっきりとした富子の態度に戸惑いを隠しきれず、ついどぎまぎとしてしまった。

されど、それでは富子が気に入らぬかというと今のところそうでもない。

少なくとも今日のような日の明るく差す午後に、紅葉の紅も苔の緑も鮮やかな庭の景色をいっしょに見てみようかとぐらいは、思ったりもする。

「上さまの、一番お好きなことは何ですの。やはり、庭造りなのかしら。それともお歌の道ですか」

「一番好きなこと？」

「ええ」

富子はきらきらとした紅葉をそのまま頬に映したような顔で義政に尋ねた。

「上さまは真名（まな）の詩も仮名の歌や物語もよくご存じだし、禅の心得もおありでしょ。何でもおできになるけれど、ご自身で一番お好きなのは何かしらと思って」

――好きなこと。

さようなこと、改めて考えたこともなかった。

「では、そなたは何が一番好きなのか」

「私？」

聞き返されて、富子は「ほほ」と声を上げて笑った。

「私、賑やかで華やかなことなら、なんでも好きですわ」

「賑やかで、華やかなこと？」

「ええ。だって、暗くて寂しいのはいやですもの。そうして、倹（つま）しいのや乏（とも）しいのは、もっといやです」

「ふうん」

「ほら、問いに問いでお応えになるのはずるいですわ。上さまは、何がお好き？」

「そう……だな」

何だろう。自分の、好きなこと。

「良い景色……」

「景色？」

庭に限らない。

居室の柱、梁（はり）、押板（おしいた）に飾る書や絵、時に回廊に置かれる、生花の入った瓶……。

義政はそれらのすべてが、自分の思い通りの景色として組み合わせられることを、いつも切望していた。不調和な寸法、色使い、季節に合わぬ装飾などが少しでも交じっているとひどく不快になる。

自分で図面を引き、用いる材も細部まで定めた庭と建物。それらが造り上げられ、組み上がっていくのを見るのが、何よりの快楽である。時も手間も金も、無尽蔵に費やしたい。

「良い景色を造ること、だろうか」

「まあ面白い。ではまた、良い景色を見せてくださいましね」

――ふうん。

好きなことか。

以来、義政は意識して自分の景色を造ることに執心するようになった。

「善阿弥（ぜんあみ）。そなたが世話をする草木は、よう育つのう」

「恐れ入ります」

「この庭に、小さな白い花がたくさん付く木を植えたいが、何が良いか」

「では、白丁花(はくちょうげ)などいかがでしょう」

「白丁花……。花はいかように咲く？」

「小指の先よりも小さな花が、うつむいてたくさんに咲きまする」

「なるほど、それは良き風情じゃ。花のない頃の樹形はいかがか」

「お庭なら、背は低く仕立てる方がよろしいかと。秋には紅葉としても愛でられまする」

「秋には紅葉か。それは、葉の色と形はいかに」

「はい。一寸に足らぬほどの丸い葉が細かくつきまして、色は鮮やかな紅に」

「さようか。では、それを生かすように、周りの植栽も順次変えよ」

「かしこまりました」

相国寺で知り合った河原者、善阿弥は、土や草木に詳しく、義政は身近に召しだして庭を任せるようになっていた。

「上さま。近頃、河原者を頻繁に出入りさせておいでのご様子ですが……」

「なんだ資任、支障があるか」

烏丸第の本来の主人である資任は、義政が庭造りや建物の普請に熱中するあまり、善阿弥をはじめとする、河原者と呼ばれる特殊な生業(なりわい)の者たちを多く集めて身近に使うのを、苦々しく見ているらしい。

「あの者たちは、本来身分卑しき者です。御所の周りに大勢いるのは感心できませぬが」

「うるさいことを申すでない。ああした智恵のある者はそうそうおらぬ。品卑しきというなら、朝廷に位でも何でも、かけおうてやろうではないか」

「いや、それは……」

義政の剣幕に驚いたのか、資任は「ではどうかほどほどに」と言い置いて、その場は引き下がっていった。

長禄二（1458）年の冬。

二十三歳になった義政は二つのことを楽しみにしていた。

一つは、富子が身ごもっており、近々我が子の顔が見られそうなことだった。子はこれまでにもあったが、いずれも側女腹でしかも女子であったから、義政としては、正室に男子が生まれる期待を大きくしていた。

もう一つは、時に自ら図面まで引いて心を入れてきた、ここ烏丸第を将軍御所として整える普請が、ようやく完成にこぎ着けようとしていることだった。

「上さま。どうぞご検分を」

寝殿、常御所、会所、学問所、持仏堂……。資任に促され、義政は建物の一つ一つ、庭の端から端まで、己の足で歩いて回った。

――よくできているな……。

建物のかなりの部分は、花の御所とも通称される、室町第を参考に造営したものだ。

室町第の材をそのまま移してきたところも多い。

番匠や河原者たちと密に相談を重ねてきた甲斐もあり、義政の細部にわたるこだわりは十分に生かされていた。建物から見える庭の山水の姿も、指図した通りである。

――よくできている。が……。

歩けば歩くほど、眺めれば眺めるほど、義政の口数が少なくなっていくのを、資任が不安そうに見守っていた。

「上さま、いかがでしょうか」

「うむ……。番匠を、赤星をこれへ呼べ」

番匠を取り仕切る棟梁を呼ぶと、義政は直答を許し、すぐに問うた。

「これらを、室町第へ移し替えることはできるか」

叱声を浴びるものと恐れながら、青い顔で参上してきた赤星は、訝しみつつも問い返してきた。

「それはあの、今ある材を移して、あちらに建て直せとのことでしょうか」

「うむ。できるか」

「……技ならございます。あとは、時と人手さえいただけますれば」

「さようか。では、即刻、室町第の検分に参れ」

義政の命令にそれでもまだ赤星が戸惑っていると、資任が慌てふためいて「上さま、いったい何を」と詰め寄ってきた。

「命令じゃ。将軍御所はやはり、室町第でなければならぬ。早速、奉行を選出せよ」

そう言い捨てると、義政はさっさと自室へ戻ってしまった。

――なぜ、思い至らなかったのか。

景色とは、目に見えているものだけではない。土地の来し方や、目を遣った遥か先に何があるかなど、様々なものと己との関係を考慮しながら庭は造るべきである――河原者たちから学んだことであった。

烏丸第は内裏の真北にある。南側の庭を眺め、その先にある景色に思いを致すと、まるで内裏の裏門から東西へ長々と延びる、土塀の朽ちた気配を始終、鼻先に突きつけられている気分になる。

一方の室町第は御所の北西、大路を一筋隔てたところにある。庭を眺めるのに、内裏の存在はほとんど気にならぬだろう。

――なるほど。

いずれも内裏からはごく近いが、住まいして見える景色を考えるとなると、まったく違う。祖父義満があの場所を将軍御所に選んだのは、意味のあることだったのだ。

朝廷と幕府。実権を握っているのはこちらなのに、天皇や公家の意向は、それなりに汲んでやらぬと、ややこしいことになる。貞親から常々、言い聞かされていることだ。

せっかくの己の景色に、邪念の入る種がありそうなことを、義政は良しとできなかった。

――邪念……。

荒廃したままの室町第。父義教の亡霊の噂は、死後十七年を経てもまだ、時折人の口の端に上っていた。ただ、義政が以前よく見た夢の方は、幸い近頃は遠ざかっている。

――余も父になるのだ。

祖父義満の跡をたどって自分が室町第に住まい、強き父、強き将軍になれば、父の亡霊も消えるのではないか。

義政は室町第造営の決意を固めた。

この年の冬は厳しく、近江国からは湖が凍ったとの便りも届くほどであった。

明けて、長禄三（１４５９）年、正月九日――。

「申し上げます」

富子付きの侍女が、義政に目通りを願ってきた。

――生まれたか。

年内には生まれそうだと言っていたのに、ずいぶん待たせる赤子である。

「お人払いを。上さまへ直々に、内密に申し上げたきことがございます」

妙なことを言うと思いつつ、御簾前まで進むことを許すと、女がにじり寄ってきた。

「上さま。御台さまは今朝ほど、男子を産み落とされました。されど」

およそ、めでたき使者とは思えぬ言上ぶりである。義政は次の言葉を待った。

「御子さまは、既に息をなさっておりませんでした」

――なんだと。

「御台さまは、身ごもられて以来、ずっとご壮健でいらっしゃいました。にもかかわらずこの凶事。これはおそらく、お今局の呪詛によるとしか思えませぬ」

年嵩の侍女はくぐもった声で断言した。

「呪詛……」

まさか。古来の物語などには、さような逸話が多く残っているが。

「ただいま蠱物を探させております。いずれ始末は付けさせましょう」

侍女の目尻には皺が多く寄っていたが、その眼は恐ろしいほどの光を発していた。

侍女が下がっていったあと、義政は一人、仰向けになって天井を眺めていた。折り上げの格天井である。

――死産であったと……。

整った美しい枡目。されど、今日生まれてきた我が血を引く男子に、これを見せてやることは叶わない。

将軍後嗣となるはずだった子。

義政がこれまで扱ってきた訴状の大半には、後嗣の問題が深く関わっている。旧家名家はもちろん、さほどでないところでもそれぞれに事情があって、「跡継ぎ」を巡って人々の心は裂かれるのだ。

せっかくの、正室から誕生するはずだった男子。

――もったいないことを。

それから八日後の夜のことであった。

先日の侍女が、今度は数名の若い女たちを引き連れて現れた。庭からは、白装束に身を包み、髪を振り乱した女が、侍たちに縄で縛められ、引き立てられてきた。

「上さま。これなる梓巫女（あずさみこ）がすべて白状いたしました。お今局に頼まれて、御台さまに子が生まれぬよう、呪詛し奉ったとのこと」

――お今が、本当に呪詛を。

褥遠慮を許したのちも、お今には義政の身の回りの世話をさせていた。

「この女の申すところでは、御台さまのご寝所（しんじょ）の北側に蠱物を埋めたと。先ほど、見つけましてございます」

富子に限らず、他の女との閨の折でも、お今ならと気を許して、奥向きの出入りは咎（とが）めず、意のままにさせていた。その方が義政にも都合が良いことが多かったからだ。

――まさか。

富子に子ができたからといって、お今の身に何か変わりがあろうか。にわかには信じかねる。

義政の思考を、ふいに漂ってきた異様な生臭さが妨げた。

「上さま、こちらをご覧ください」

御簾が少しだけ引き開けられ、敷物に載った素木(しらき)の匣(はこ)が差し出された。鼻を襲う異臭に、義政は思わず顔をしかめた。

「……げっ」

赤黒く汚れた獣の牙らしき塊と、生皮を剝いでむしったような獣毛がびっしりと詰められていた。催した吐き気が我慢できず、思わず体が前にのめっていく。

「上さま、お気を確かに」

己の吐き戻した物が袴を汚すに至って、義政の怒りは激しく吹き上がった。

――なんと醜悪な。許せぬ。

「追放じゃ」

真偽のほどなどどうでも良い。

このようなおぞましい物が御所内に持ち込まれたという事実が、義政にはただただ汚らわしくて、到底許せるものではない。すべてを早く葬り去りたい。

「即刻この御所から出て行けと、お今に伝えよ」

　匣に詰まっていたのは、猪の牙、猿の毛、兎の毛であったと後に報告があった。お今が亥年、富子が申年、そして御子の生まれた今年が卯年であることに因った呪詛であろうと言われた。

　お今の実家、大館家からは、再三、「身に覚えは無い、濡れ衣である」との申し立てが寄せられたが、義政は聞く耳を持たなかった。

　──もうたくさんだ。

　御所からだけではない。あのような穢れの元凶は、比叡山を越えて向こう側にある遥かな湖まで押しやってしまいたい。義政はいち早く命令を出した。

「流罪じゃ。近江の小島へでも流してしまえ」

　一月十九日、お今は、罪人輿で近江まで運ばれる途中、甲良庄の某寺で自害した。報告を受けた義政は何も言わず、ただ「室町第の普請を急がせよ」とだけ、命令した。

　残民争い採る　首陽の薇
　処々廬を閉じ　竹扉を鎖ざす
　詩興　吟は酸なり　春二月

満城の紅緑　誰がためにか肥ゆる

「……ふん」

長禄四（1460）年二月。

新造間もない常御所で、義政は帝からの書状を一読すると、くるくると乱暴に丸め、畳の上に放り投げた。

——吟は酸なり　春二月、だと。

民の惨状を思うと詩を吟ずるのも辛い春の二月である——そう言いながら、こうしてつまらぬ詩をこちらへよこしているではないか。

会所、泉殿、厩など、室町第の普請はまだ続いていた。

折悪しく、去年も今年も干魃、水害、蝗害、疫病など天災が頻発した上、畠山氏や斯波氏など、本来幕府の重役を担うべき大名家で、武力による争い事が起きるなどしたため、京の市中および近在には住まいと食べ物を求める幽鬼のような者たちがあふれかえっている。

それらを顧みず、己の御所の造営ばかりしていて良いのか——帝はそう風諭しているつもりなのだろう。

——古の大王気取りか。

「万葉集」などに歌を残している古の帝。彼らは、自ら政に携わってきた人たちだ。今の帝にその風格はあるまい。

――何もかもこちらのせいだと？

民を救うにはまず、金がいる。

本来ならば、各地の守護大名に税を負担させれば良いのだが、何かと訴訟事を抱えて言を左右にする者が多く、それだけでは埒が明かなかった。

「銭には、通り道があるのですよ」とは、富子の助言だった。

土倉、酒屋、日銭貸しといった、金そのものを商うような商人たち。あちらこちらから京へ出入りする物や人。今目の前を確かに通る銭を少しずつこちらへ流す術を、富子はよく心得ていて、義政はそこに倣い、なんとか幕府の舵を取っていた。

連綿と形だけの儀式を行う朝廷とは、骨の折れ方が違うのだ。

――目障りな。

政もせず、古臭い風雅を貪るのみの帝に、かような口出しをされる覚えは無い。

義政のもとには、相国寺などの禅家を通して、大陸から明の文物が流れ込んでいた。詩、楽、書、画、陶磁器……。そうした新しき景物に出会うと、風雅の面でも、将軍家はもはや天皇家に引けを取るまいと思えてくる。祖父の義満が明から日本国王の称号を得た意図が、義政には朧気ながら理解できるようになっていた。

室町第は花の御所とも呼ばれる。各地の大名から四季の名花名木を、義満が競って供出させたためだ。一度は荒れていたものの、義政が善阿弥たちを重用したおかげで、かつての樹勢がいずれも蘇りつつあった。

——満城の紅緑　誰がためにか肥ゆる。

余のために決まっているではないか。

三

寛正二（1461）年正月。晴れていれば、やや欠け始めた月がゆっくりと空に昇るはずだが、その夜はあいにく曇天だった。

「……義政。義政」

夜更けの夢に現れた父は、以前のように鋭い目をしていなかった。義政は思わず「父上」と呼びかけた。

「義政。頼みがある」

弱々しく、懇願するような声だった。

「余の苦しみを和らげてくれ。施行をしてほしいのだ」

「施行でございますか」

冷静にことばを交わしている自分が不思議だったが、父はさらに苦痛に顔を歪めているように見えた。

「さよう。余はもう一度現世で将軍となる。そのために、施行を……」

「父上」

詳しく聞こうと思わず身を起こすと、明かりのない灯台から微かに油の臭いがし、辺りは闇に包まれてしまった。

——おかしな夢を見たものだ。

長らく続く飢饉の影響で、この正月は朝廷も幕府も様々の儀式を取りやめ、また諸寺の法会も行われていない。

——また将軍になるおつもりとは。

その執念の強さは、いったいどこから来るものか。

しばらく、この夢について誰にも言わずにいたが、今年に入って、くり返し幕府に出されている一つの願い書が、義政の目に留まった。

「この願阿弥とはいかなる者か」

寺社奉行によれば、時衆の聖であるという。

「この者の申し出、聞き届けてやる。ここにある銭百貫、まるごと遣わせ」

「こちらは、上さまのお手元金でございますが、よろしいのでしょうか」

「うむ。亡き父の供養といたす」

市中にあふれる流客餓人に粥を施す小屋をかけたい、そのために将軍の慈悲を賜りたいというのが、願阿弥の願い書の趣旨であった。

願阿弥が施行を始めると、南禅寺や天竜寺、相国寺といった他宗の有力寺院からも追随する動きがあり、以後、父が義政の夢枕に立つことは一切なくなった。

一方で、「施行など焼け石に水だ」「形ばかりだ」との批判や、「こんなことしかできないのは、将軍として無能だ」との誹りが聞こえてきて、義政は次第に無力感に苛まれるようになった。

――ならば、どうせよというのだ。

建物や庭と違い、政には目指すべき景色がまるで思い描けない。何の方策も見いだせぬまま、年月ばかりが過ぎていく。

とある、望月の夜のことであった。

「上さま。これでは男子を授かれませぬ」

富子が褥で声を上げた。義政は黙って横たわり、背を向けた。

一度の死産の後、富子は二度、出産していたが、二度とも、生まれたのは女子だった。なんとしても男子を授かりたい。その思いは義政とて同じだったから、褥を共にする夜は増えていたが、このところ、富子との営みは不調に終わることが多かった。

「こちらのお薬湯を」

富子が手ずから薬を煎じ、差し出すのを、息を止めるようにして飲み干す。はじめは不味くてとても飲めなかったが、ようやく少し慣れてきた。

「ご酒を慎んでいただかなくては」

度重なる不調を、富子は飲酒のせいだと責め、節制を懇願する。

「うむ……」

正直、義政はうんざりしていた。

――酒のせい、ばかりではなかろう。

富子が、枕元に置いた犬筥を繰り返し撫でる。

「お願いね、お願いね……」

口の中でなにやらぶつぶつ唱えている富子の気配を、義政は冷え冷えとした思いで背に感じていた。

――猪除けとでも言いたいか。

男子を身ごもれない理由を、何にでもかこつけずにはいられないのだろう。

富子は近頃「これはきっとお今が怨霊となって、あの世から呪詛しているに違いない」としきりに言い、調伏の祈禱をしたり、魔除けの品を用意させたりに余念が無い。

犬筥はその一つで、どうやら富子の身の回りには今、大小様々の犬筥があふれているらしい。

――いい加減にしないか。

目を閉じ、眠ったふりをする。

――悪いのはそなたの方であろう。

他の側女となら、こんなにたびたび、営みが不調に終わったりせぬ。仮に不調でも、それをかようにあからさまに取り沙汰(ざた)されることなどない。

さすがにそうは言えず、義政は黙っていた。

「上さま、上さま」

呼びかけに答えずにいると、富子は諦めたのか、そっと褥を滑り出ていった。

次の間に控えていた侍女と富子とが、何やら低い声で話していたが、やがて二人の足音は遠ざかっていった。

ひたひたと響いた足音がすっかり聞こえなくなったのを確かめて、義政は体を起こし、月を眺めた。

「誰かある」

呟いてみたが、どこからも返答はない。義政付きの侍女たちはみな、富子に遠慮して下がってしまったらしい。

――独り寝もまた良し、とするか。

盆に載った銚子には、幸いまだ酒が残っていた。富子の手前、盃を重ねるのを遠慮したせいだ。

——お今。

己の手で盃を満たし、ちびちびとなめる。

お今がいれば、かような折、すぐに新しい酒が運ばれたであろう。寝所にいる義政の気配を常に見逃さぬ女であった。

——さぞ、余を恨んでおろうな。

富子も、それに生母の重子も、今なお、お今の亡霊をたびたび見るという。また、側女のうちにも、お今の姿を見たせいで病を得たと言って、御所から下がっていった者がある。

しかし義政の前には、一度もお今が姿を見せることはない。

——お今。出てこぬか。出てきて、恨み言でも聞かせよ。

望月が沈むまで、義政は一睡もできなかった。

寛正四（１４６３）年の秋、義政の母重子が亡くなった。

「お母上はことのほかお喜びでした。よろしうございましたな」

「ふうん」

四十九日の法要を終えて数日後、義政は季瓊真蘂の元を訪れていた。五年前から相国寺の塔頭、蔭涼軒の主となった真蘂は、母が亡くなる直前、その訪問を受けていたという。

「かように孝養を尽くされようとは思ってもみなかったと仰せで」

真蘂の言うのは、高倉第のことだ。

義政は、自分の御所である室町第とは別に、母の住まいとしてこの屋敷を造営した。

「西芳寺は女人禁制。我らには見ること叶わぬのですね。侘しいこと」

最後まで、心から母と慕う思いを持てなかった重子。されど、何かと煩わしかった母の口出しのうち、この繰り言だけは義政に好都合だった。

「母上がさほどにご覧になりたいのなら、同じ景色を造って差し上げましょう」

実は西芳寺は、義政にとって予て執心の場所であった。

聖徳太子、行基、真如、空海……。

遥か古の人々の跡を伝えながらも、建武の頃にはすっかり荒廃していたこの寺は、その後、夢窓疎石の手で整えられた。

山の斜面に配された伽藍、湧水を湛えて黄金色に輝く池など、その景色は極楽浄土に通ずと言われ、祖父義満が鹿苑寺を造営の折に、手本としたことでも知られる。

義政もこの景色には深く心を惹(ひ)かれていた。山肌に守られ、俗世と隔てられる風情が何より麗しい。

ただ、なにぶん室町第からはかなりの道のりゆえ、気が向いたらいつでも訪れるというわけにはいかず、残念に思っていたのだ。「母の御所を西芳寺を模して建てる」という思いつきは、義政を突き動かした。

「宗湛(そうたん)の障子画もたいそう気に入っておいででした」

――宗湛か。

当代の名手、小栗(おぐり)宗湛は、障子一間描くのに二万貫ほしいと言ってきた。なかなか法外だと思ったが、できあがりを見れば惜しくはない。

母が死んでも、あの景色は残るのだ。

「ここで最期を迎えるなら、きっと浄土へ行かれるだろうとも仰せでしたよ」

真蘂がそういうのを聞いて、義政は苦笑いした。

――浄土か。

あの母が浄土へ行けるものだろうか。

思い起こされるのは、すでに夢枕に立たなくなって久しい、父義教の苦しげな姿だ。

――余は、どうなのだろう。

まだ、やるべきことがある。今はまだ、それは考えるまい。

「真蘂。一つ、相談があるのだ。実はな……」

今日の来訪の真の意図を告げると、真蘂は顔色を変えた。

「それはまた、大胆なことを」

「どうだろう、加勢してはくれまいか」

「上さまがたってとお望みならば、やむを得ませんが」

「すぐにとは行くまい。ゆっくり、説得するつもりでいる」

「はあ……」


真蘂に打ち明けてから一年余が経った、寛正五（１４６４）年十月。

義政の姿は浄土寺（じょうどじ）にあった。

「還俗（げんぞく）のこと、そろそろ決心してくれ」

義政は浄土寺門跡（もんぜき）義尋（ぎじん）に、還俗を促していた。

「私にさようなことはできませぬ。このまま僧侶でいとうございます」

義尋は義政の異母弟で、五歳の時から仏門に入っていた。

「頼む。この通りだ」

「かようなことを聞けば、日野家が黙っておりますまい。それに、細川も畠山も何を言い出すか」

これまで何度となく説得してきたが、義尋はなかなか首を縦に振らない。

「現に男子がおらぬのだから、いかに日野家といえども何もできぬ。まあ、そなたに日野家の女を押しつけてくるくらいのことは我慢してもらわねばならないが。管領にしても、将軍家に後嗣がなくていいとは思わぬはずだ」

「兄上はまだお若い。私とではたいして歳も違いませぬ。向後もし、兄上に男子ご出生となりましたら、いかがなさいますか」

さようなことはまずあるまいよ、と喉元まで出かかったが、さすがにそれは言えなかった。

「その時は仏門に入れる。約束しよう。余はもう待てぬ」

「なにゆえ、さほどに後嗣のことをお急ぎになりますか」

義尋に問い詰められて、義政は真薬にさえ打ち明けていない、己の本当のもくろみをようやく話すことにした。

世を治めえぬ足利将軍。そう誹られて久しいが、義政は、どうすれば祖父義満のように強い力を持ちうるのか、史書などを紐解いて考えてみたのだった。

「そなたを将軍とし、余が隠居した上で、そなたの政の補佐をする。さすれば、将軍家の力が増すであろう」

天皇と摂関家。天皇と上皇。将軍と執権。

悪く言う者も多いが、それは力の均衡が取れなくなった時のことばかりを取り沙汰するからで、二者の間がうまくいっていれば、政はむしろ安定する。同じ仕組みを、足利の血を引く者同士で作れば良いと考えたのである。祖父の義満も、晩年は同様の体制を取っていた。

「そなたと二人で、幕府を建て直す。いずれは、堀越の政知とも再び連携できればと思うている」

「堀越にいる兄上ですか」

義政のもう一人の異母弟、政知は、やはり義政に頼まれて還俗、関東の内乱を鎮めるべく、鎌倉公方として現地へ赴いていたが、今のところ思うような成果は上げられずにいた。

「承りました。いや実は、兄上はもう政がお嫌で、投げ出されるおつもりかと邪推していたのです。それでは承引できぬと。ですが、今のお話を伺って、ようやく得心いたしました」

この年の十二月、還俗して義視と名乗った弟は、年が改まってからは正式に政に加わっている。

——隠居所を建てるか。

いずれ、将軍職とともに室町第を義視に譲り、自分はまったく新たに住まいを造ろう。

思いのままに景色を造りつつ、足利将軍の権威を支えようではないか。祖父義満が、鹿苑寺でそうしたように。

——まずは場所選びからだ。

西芳寺のように、山肌に抱かれ、憂き世と隔絶された感覚が得られて、かつ、室町第とさほど遠くない場所。

善阿弥たちを検分に行かせる候補の地を、絵図面を描きながら考えていると、「申し上げます」と声がした。

「御台さまが、ご対面をとお望みになっています」

「御台が……」

義視を後嗣に立てた真意は、富子には話していない。日野家からの干渉も、今後は最小限にしたかったからだ。ゆくゆくは、必ずしも日野家から正室を迎えなくとも良いようにしたい、というのが義政の本音だった。

「上さま」

やがて、派手な牡丹の刺繍が施された打掛姿で入ってきた富子は、ゆっくりとその裾を捌(さば)いて、悠然と座った。

「私、身ごもりましてございます」

口元は笑っているが、目は鋭く、きらきらとこちらを刺すごとくである。

「なんと……」

「今度こそ、今度こそ男子を生み参らせます。どうか楽しみにしていてください。では」

金銀に彩られた、大輪の牡丹が揺れていく。幽さの欠片もないその後ろ姿を、義政は苦々しく見送った。

――身ごもっただと？

余の子ではあるまい。

即座にそう思った義政の脳裏には、昨年の秋に見た、とある光景が浮かんでいた。

帝――その時はまだ親王であった――が室町第へ行幸、数日滞在したことがあった。お忍びということで派手な儀式などはなかったが、それでも連歌の会などを催してもてなした。

酒宴の果てた深夜、酔いに任せて眠ったものの、暁方に目の覚めてしまった義政は、それからどうにも寝付けず、回廊へ出て庭を眺めていた。

折しも、下弦の月が庭の白砂に冴え渡っていたが、その静寂を妨げて、うごめいた影があった。

――おや？

庭の向こう側を、小袖姿の女が紙燭を手に歩いている。さらにその後ろから、豪勢な打掛を被った者が歩いていた。

この御所であんな打掛を着る者と言えば富子だ。それにしては妙だと思って目を凝らしてみて、義政は目を疑った。

——男だ。

肌小袖に大口袴というほぼ下着姿の男が頭から打掛を被り、身を縮めるように付いてきていた。

——あれは。

顔まではっきり見えたわけではないが、あれは間違いなく親王だった。

義政は今でも確信している。そうして、あのあられもない姿は、富子の寝所へ忍び込んでの帰りに違いない、ということも。

翌日の酒宴の席で、異様に上機嫌な富子が上気した顔で何度も親王と目交ぜをしていたのを、義政は見逃さなかった。

成仁親王はその後まもなく、先帝——嫌みな漢詩を送ってきた、あの後花園天皇である——から皇位を譲る意志を示されたものの、朝廷には即位披露のための諸儀式を行えるだけの費用がなく、いっこうに即位が宣言できない。なんとかしてほしいと幕府にも申し入れがあったが、義政は知らぬ顔を決め込んでいた。

ところがここへ来て、高御座などが急に調えられ始め、今年の十二月には儀式が行える見込みだという。

費用を出したのが実は富子だというのが、このところのもっぱらの評判だった。

——帝の子か。

問い詰めたところでどうにもならぬ。

相手が帝では、騒げばこちらの非礼とされてしまう。本当なら、表沙汰にして譲位にでも追い込んでやりたいところだが、さようなことをすれば、朝廷を蔑ろにする不敬な将軍と、自分が誹られてしまうだろう。それどころか、ありがたくご落胤を後嗣とせよ、くらいのことまで言われかねぬ。

——どうする。

むしろ、これをうまく政争の具に用いてあしらい、将軍家に都合の良いよう利用すべきなのだろうが、ただ胸の内が波立つばかりで、何の妙案も浮かんでこない。

——それにしても。

富子の顔はなぜ、ああ晴れやかなのか。

墨汁、いや、黒漆の中へでも沈めてやりたいと思いながら、義政は手を叩き「誰かある。酒を持て」と叫んだ。

四

おほ海の磯もとどろによする浪
割れて砕けて裂けて散るかも

――砕け散る浪は、魂か。

割れる波頭、散り敷く玉の飛沫も、果ては再び大海の渦に飲み込まれ、もとの水へと戻るだけだ。

鎌倉幕府第三代将軍、源実朝のこの一首は、義政の心を深く抉るようだった。近頃、義政の座右には、実朝の家集「金槐和歌集」が置かれていた。

文明十二（１４８０）年五月。

義政は四十五歳になっていた。

あれほどまで意を尽くして迎えた義視の存在は、結果、後嗣争いの元凶となり、将軍家は力を強めるどころか、むしろ混迷を極めることになってしまった。

もちろん、義視に罪はない。

選りにも選って、あの時期に富子が男子を産んだのが、不運だったというだけである。

富子が男子を――名は義尚という――産むと、貞親や真蘂といった義政の側近も、細川や畠山ら管領も、京極や山名、赤松といった守護大名も、それぞれの思惑で二派に分かれ、京のみならず、各地で戦乱を繰り返した。

義政も、貞親の讒言を信じて、一度は義視の命を奪えと命ずるなど、今思えば愚かな醜態を晒した。

流言、中傷、策謀、裏切り、寝返り……、そして、絶え間のない損壊と殺傷。

この十数年の間に、あまりにも多くのものが失われた。京は焼け野原となり、室町第も高倉第も焼失した。

将軍職に就くことなく、京を逃げ出した義視は今、美濃にいる。兄弟の心隔ては埋まらぬまま、幕府再建の理想は崩れて久しい。

一方、文明五（１４７３）年に九歳で将軍職に就いた義尚は、はや十六歳の若者である。

誕生してしばらくは、自分の子ではないと決めつけていた義尚だが、長ずるにつれて、それはどうやら誤解であったらしいことが分かってきた。

では、この息子を己がかわいく思うかというと——義政自身にも、答えようがない。

——似ている。

容貌は義政と富子、双方の良いところを取ったと言われ、花の容顔とも称えられる。

しかし、より足利家の血筋を感じさせるのは、外見ではなく、性格と振る舞いだった。

義尚は十五歳から政に意欲を見せ、訴状なども自分で判断しようとし始めたが、義政はその早熟さが危うく思われてならなかった。自分では正しい判断をしているつもりだろうが、富子の良いように動かされているのは明らかだったからだ。

――他へも目を向けよ。

日野家の思うようにばかりされてはならぬ。

されど、あえて介入する父の思いは、子には伝わらぬらしく、義尚はことごとく義政の助言を退(しりぞ)けた。

――胸中は分かる。

義政にも覚えがある。周りからの助言がどれほど煩わしいか。自分の手でできることをどれだけ早く示したいか。

「自分の子ではない」と決めつけていた義政は、幼い頃、義尚に冷淡だった。それが災いしたのだろう、息子は、母のことばには耳を傾けるが、父にはひどく反発した。同じようなことを助言していても、富子に対するのと義政に対するのではまるで態度が違った。

――自分を見ているようだ。

義政が生母重子に抱いていたようなわだかまりが、義尚にもあるのだろう。

「今は余が将軍だ。父上にここまで口出しされる覚えは無い。かように介入されるくらいなら、政などもうやめだ」

昨日はついに、義政からの指図に怒った義尚が、自分の手で髻(もとどり)を切るという暴挙に出た。髻がなければ冠も烏帽子もつけられず、当分人前には出られない。

「まあ、なんということを」

富子は御所中に響き渡るような悲鳴を上げると、義尚ではなく、夫の義政を責めた。

「上さまがいけないのです。いちいち咎めるようなことを仰せになるから」

十余年に及ぶ戦乱の間、富子は抜け目なく大名たち相手に銭を貸し付け、その利息で財を成していた。今や富子から出る銭なしには、将軍家どころか、朝廷の諸儀式もまるで成り立たぬ有様だった。

「義尚はだいじょうぶです。万事、私にお任せくださいな」

富子が明朗な声でそう断言した。下ぶくれで顎の線のはっきりした意志の強そうな顔には、明らかに軽侮の色が現れていた。

――邪魔だと言いたいか。

父と子の溝は互いの側近にも伝染しており、暴力沙汰が起きることも珍しくない。

――もういい。どうとでもなるがよい。

義政は息子と政から手を引くことを決め、かねての計画に専心することにした。

山荘の造営である。

――浄土を造る。

死ねば地獄が待っているかもしれぬ。後生の光など、いざ死んでみるまで信じられぬ。

ならばせめて、この世の最期を、思い通りの景色、己の造るこの世の極楽で過ごそうではないか。

以前に計画したような、将軍家を見守るための隠居所ではなく、己の平穏のためだけの場所を、義政は造ろうと考えていた。

――浄土寺。古来の名に肖(あやか)るか。

義視が還俗前を過ごした、東山の寺だ。騒乱で焼亡していたが、改めて調べさせたところでは、その名はすでに「日本紀略(にほんきりやく)」に見られるという。

京の東、比叡山から稲荷山(いなり)へと列なる山地の裾にあり、白川の流れも近い。

山肌に抱かれる建物群、鏡面のごとき水を湛えた池、山の端を出入りし、池と白砂に冴える月の光――義政の理想を叶えるのにはふさわしいかも知れぬ。

「花野(はなの)。花野はおらぬか」

夕刻、義政は近頃お気に入りの側女、花野を召し出し、盃を重ねた。

細い顎に小さなおちょぼ口が可憐な花野は、琵琶の名手でもある。

「一曲弾いてくれ」

琵琶の撥(ばち)は月を招くと「源氏物語」にあったはずだ。

いや、あれは、夕日のことだったか……。

花野の弾く琵琶の音と、重なる酒杯。

もう誰も、義政の夢には出てこなくなっていた。

翌文明十三（１４８１）年の正月。

「花野」

手を叩くと、別の侍女が現れて義政の前でかしこまった。

「なんだ。花野はどうした」

「それが……なんと申し上げれば良いか」

「はっきり申せ」

「その、上さまが、花野どのは今日から自分の側女じゃと仰せになりまして」

気づくと、義政は畳を蹴立て、走り出していた。

――義尚め。

近頃何かにつけ、父から由緒あるもの、こよなく大切に思うものを取り上げようとする。先日も、義政が以前東大寺で切り取ってきた秘蔵の香木、蘭奢待（らんじゃたい）を持ち出そうとしたので、一悶着あったばかりである。

――側女にまで手を出そうとは。

長い廊下の果て、呼吸も荒く義尚の居室へ踏み込む。手は知らず、小刀を握っていた。

自分の居室と同じ、饐（す）えた酒の臭いがする。

「花野をどこへやった」

「余の侍女にもらいうけました。実家の徳大寺にも告げてあります」

「なんだと」

それから、何をどう言い争ったかは覚えていない。

大声で怒鳴り、罵り――気づけば、義尚の喉元に小刀を当てていた。

「刺しますか。どうぞ。さぞ世の語り草になるでしょう、側女一人のために、将軍家の父と子が殺し合ったと」

義政も義尚も手が震えていたのは、酒毒か、それとも。

「我ら親子など、どうせ世の笑いものです。世を治めえぬ愚か者の将軍と」

目尻にうっすらと滲むものがあるのは、父も子も同じだった。

「言うな」

「将軍職など、何の意味もないではありませぬか。何一つ、己の思うようになどなりませぬ。仏門に入った方がよほど……」

「黙れ」

小刀が義尚に奪われた。白刃が閃く。

――刺される――。

ばさり。

目の前に、義尚の短い髻が落ちた。

「上さまぁ」

近づいてくる声は、富子だ。

「もう良い。花野はそなたにやる。もう何も言わぬ。二度と会わぬ」

この一件から十ヶ月後、義政はごく限られた数人の側近だけを連れて、富子と義尚の住む小川御所から、京の北、岩倉村長谷の聖護院山荘へひっそりと移った。

翌文明十四（１４８２）年には、浄土寺跡地で、ついに山荘の造営が始められた。

「寝殿は造らぬ。余の居室と小さな会所があればよい」

「はあ……」

「大勢が集まる場所は要らぬのだ」

壮大なものを造ると思っていたのか、番匠たちは首を傾げた。義政は改めて、自分の構想を説明した。

門は西側に一つのみとし、庭の中心は池。池の周りには、義政の常の住まいである常御所と、限られた来客のみと対面する会所、阿弥陀仏を安置する持仏堂。山を一段上ったところに座禅のための庵、さらに頂上には市中を望める小さな別第を造る。

常御所は南北七間、東西六間、会所は南北六間、東西七間。内裏で言えば、多くの御殿の中から、帝の暮らす清涼殿のみを抜き出したほどの広さである。

——これで十分だ。

義政の目指すのは、すべてに自分の目の行き届く、小体な安息の場所だった。公の儀式を行うことはもとより、富子や義尚がここを訪れることも、まったく想定していない。

「上さま。費用の件ですが……」

山荘の造営奉行の一人、松田数秀が姿を見せた。

室町第を造った頃は、富子に費用の一部捻出を求めることもできたが、今の義政に、富子が一銭たりとも出すはずがない。

「どうだ。守護大名たちは出したか」

「はあ。越前の朝倉からは届きましたが、播磨の赤松や美濃の土岐からは、今のところ」

「催促せよ。言い訳はきかぬと伝えよ。未納の分は翌年に利息を添えて出させる」

義政は、諸国の守護大名に費用の負担を求め、次いで、山城国に荘園を持つ領主には人手の負担を強いた。明へ船を出し、その交易の利益を造営の費用に充てるよう、指図もした。

文明十五（１４８３）年の六月に常御所ができあがると、義政は早速移り住んだ。内装の仕上げなど、まだ完成を見ぬところも多々あったが、それはむしろ好都合だった。

「余の見ている前で仕上げをせよ」

少しでも気に入らぬ造作は容赦なくやり直しをさせたので、すべてが調うまでには際限なく時がかかったが、義政は妥協を許さなかった。

装飾品などについては、側近の相阿弥（そうあみ）とともに何度も吟味を重ね、特に自分の居室の壁面には、狩野正信（かのうまさのぶ）の画と、横川景三（おうせんけいさん）ら禅僧の詩を求めた。画ははじめ、雪舟（せっしゅう）に命じたのだが固辞され、代わりに推挙されてきたのが正信だった。

——宗湛、善阿弥。

高倉第で画を描いた宗湛も、庭造りにずっと携わらせていた善阿弥も、すでに彼岸へ旅立って久しい。

——そなたらは今、どこにいる。

極楽か、地獄か。

美しき景色を造りし者たちの行方は。

東山山荘の庭では、善阿弥の息子の小四郎（こしろう）と孫の又四郎（またしろう）の手によって少しずつ、義政の望みが叶えられつつあった。

「父上。とても素晴らしい庭ですね」

「そうだな。上さまは、我らの言上を重んじてくださるゆえ」

「しかし、皮肉なものですね。上さまの浄土が調えば調うほど、山城の領民たちは重き年貢でこの世の地獄を見る。一揆もそのせいだとか」

「これ。滅多なことを言うものではない。誰が聞いているか分からぬぞ」

小四郎が又四郎を叱りつけた。

障子の内にいた義政には、実はすべて聞こえていたが、あえて黙ったまま、さらに父子の様子を窺った。

「河原者には関わりなきことだ」

身分上、河原者は領民のような年貢を課されていない。

「上さまのおかげで、我らはいずこにも意のままに出入りし、いかなる奇岩名木でも取り寄せることができる。それで十分だ」

ずいぶん前だが、東寺（とうじ）の所有する荘園に立ち入った小四郎が、土地の者からひどい侮蔑を受けたことがあった。義政はそれを覚えていて、こたび、東寺には他より余分に人手の負担を強いている。

——地獄と極楽。

思えばここは、かなりの部分が浄土寺の墓地だったところである。

——死屍（しかばね）の上の浄土。

いつだったか、帝の御所で公家たちが変わった絵双六に遊び興じているのを見た。

振り出しは南閻浮州（なんえんぶしゅう）、上がりは極楽浄土。使われる賽（さい）の目には、数字の代わりに

「南・無・分・身・諸・仏」の六文字が記されており、その目によって六道を巡り、良い目が続けば極楽へ行ける。

双六の上の方に描かれている諸仏の絵が淡彩で目に優しいのに対して、下の方に描かれている種々の地獄絵は、身体から血をだらだら流しながら巨大な氷の刃を登る裸の男や、炎に包まれて苦悶に顔を歪める女房装束の女の姿など、毒々しい極彩色がおどろおどろしく目に突き刺さり、義政は思わず目を背けたのをよく覚えている。

他愛ない玩具の遊びだが、仏の教えを広める絵解きの一種でもあるらしい。

——生きるとは、しょせん双六か。

気まぐれな仏の見せる賽の目。それでも、命ある間は振り続けねばならぬ。

この世が地獄であればあるほど、人はあの世の極楽を望む。だから僧侶たちは地獄の絵解きをして回る。来世を望め、仏を信じよと。

——来世か。

現世、望んで将軍になったわけではない。

皆から怨霊と恐れられた父は「もう一度現世で将軍になる」と義政の夢で言った。

今でも、そう思っているのだろうか。

長享(ちょうきょう)二(1488)年。

普請開始から七年目のこの年、はじめに構想した建物はすべて完成した。南禅寺の景三も、相国寺の亀泉集証（きせんしゅうしょう）も、「まさに、阿弥陀仏のおわす西方浄土」と称えてくれたが、ここに至って、義政にはもう一つ、願いが生じた。

――余はもう、長くない。

手足が絶え間なく震える。言葉も明瞭に出ぬ。体の痛みで十分に眠れず、時に意識が混濁する。

死が近づきつつある。

本物の、阿弥陀仏の待つ浄土。それは本当に、ここに造った浄土と、同じ景色だろうか。自分はやはり、そこへは行かれぬものだろうか。

この世で生が尽きる時、見える景色とは何だろう。

――死とは、どう迎えるものなのか。

死が訪れるまでの苦しみ。浄土へは行かれぬかもしれぬという恐怖や不安。いったいどうすれば取り除けるのだろうか。

死ぬまでの時を、安らかに過ごす。そのための景色を用意せねば。

「池の西に、観音殿を建てよ」

現世での苦難に手を差し伸べるという、観音菩薩のいる景色を造ろう。

「さらに、ですか……」

持仏堂なら、阿弥陀如来を安置し「東求堂」と名付けた建物がすでにある。奉行たちが困惑するのも無理はなかったが、義政は自分の構想を押し通し、東求堂とはちょうど池を挟んで反対側に、新たに観音殿を造らせることにした。

実は、祖父義満の鹿苑寺には、金色に輝く舎利殿があり、その二階には観音像が安置されていた。「観音殿を」と言い出した時、それを真似するつもりかと思った者もいたようだが、義政の思い描くのはまったく別のものだった。

――望むのは、ああした輝きではない。

誰かに見せるわけではない。内側に、光を込められれば良いのだ。

――外壁は、黒漆で塗ろう。

「上さま。さすがに、材が集まりませぬ。このままでは、普請を始める見通しが立ちませぬ」

松田が恐る恐る、義政に告げた。背後には赤星の姿も見える。

「そうか……」

――どうすれば良い。

霧中にふと一筋、光が差した。

「赤星。高倉第の攬秀亭、ここへ移すことはできるか」

「それは、できぬことはありませぬが」

番匠は呆れつつも、もはやこうした命令にすっかり慣れた様子で答えた。

西芳寺を模して造らせた高倉第は、やはり戦乱で損壊していたが、幸いいくつか、残っている建物がある。そのうちの、南の庭に面して建っている攬秀亭を移築すれば、すべてを新たに造るよりは、早く仕上がるのではないか。

一階の八畳間は吹寄せの格天井、二階には火灯窓。もとより攬秀とは「優れた景色を上から見下ろす」意味を込めて、義政自身が選定した名だ。あの建物なら、ここにふさわしい。

建物のみならず、観音像にも、義政はある遺物を用いようと考え、それを鹿苑寺から運ばせた。

先年鹿苑寺を訪れた折、二階に安置されていた観音像が盗まれて、岩洞を象った背面の装飾のみにされているのを見た。義政はそれを、こたびの観音像に使うことにしたのだ。

「ともかく、急げ」

延徳二（1490）年正月七日。

上弦の月が西の空に白く輝いていた。

――何も聞こえぬ、何も見えぬ。

月の満ち欠けとともに移ろい、池の鏡面をほんのわずか揺らす、潮の流れる幽き音。
庭の白砂に跳ね返り、観音殿の漆黒に、青く、白く、尽きることのない波紋を映す月の光。

思い描いた景色はどこにもない。

色も音も、光も風も、何もない。

あるのはただ、漆黒の闇ばかりである。

――義尚。そなた、そこにいるのか。

返答はおろか、何の音もない。

昨年の三月、息子は二十五歳の若さで病死した。六角高頼（ろっかくたかより）征伐のために進軍した、近江国の陣中でのことだった。

――お今。父上。

誰も答えてはくれぬ。己の浅く弱い呼吸の音だけが、闇の中に吸い込まれていく。

西の空で月が消えた。

もはや、振る賽はない。

義政に残されたのは、無音の闇だけであった。

結

「棟梁。普請は、続くのですね」

「ああ。なんとかなるらしい」

又四郎は赤星に話しかけた。

上さまは、山荘を寺にせよと遺言していったらしい。

それはどうにか守られそうな雲行きだが、西指庵と名付けられた庵を、床下に自分の骨を埋めて墓にせよという遺言の方は、もともとの土地の所有者である延暦寺が強硬に反対しているので無理だろうと、相国寺の僧が話していた。

「ただなあ。この普請はどうにも、無理なことばかりで」

「と申されますと」

「攬秀亭をそのまま移せれば良かったのだが、そうもいかなくてね」

赤星はため息を吐いた。

「もともと、仏様を置くようにはできていない建物なんですよ。だから、上さまの仰せのとおりにしようとすると、あちこち、つじつまが合わなくなる。まあ、それを合わせるのがこちらの腕の見せ所なんだが」

赤星によると、もとの建物は南向きに建っていたのを、ここでは池に面した方を正面とするため、東向きにしたという。

「ところがそれだと、二階の観音様を置く向きが困る。で、結局、二階だけ南向きに」

「えっ。それでは、一階と二階の重なりが変わって困るでしょう」

「そうですよ。二階の重みのかかり方が変わるので、梁にも桁にも無理が来る。階段の位置や傾きにもね。東と西の屋根も、無理な勾配になる」

「それは……」

「上さまは良いお名前を残していかれたが、さあて、どうでしょうね」

一階が心空殿、二階は潮音閣と、建物ができる前から名が決まっていたとは、又四郎も聞いていた。

「それに、外壁を黒漆というのも。頻繁に塗り直すなど……できぬ相談でしょうな」

黒漆は日の光と乾燥に弱い。

やがて白茶けてくるのを思い描けば痛ましい。

赤星の槌音が続いている。

又四郎はやがて、その場をそっと立ち去っていった。

春を売る女 ―雛女―

序

男はいつものように姿を見せた。

「よお萩野(はぎの)。相変わらず、忙しそうじゃな」

四日ぶり、いや、五日ぶりか。

確か、近々また京を離れると言っていたが。

「それで、出立はいつなのさ」

できるかぎり、気のないふりで、問うてみる。

「明日だ」

「明日。ずいぶん早いな」

なぜ、もっと早く教えてくれなかったのか。

「急ぐんだね」

「遅れを取って、〝他の者で間に合っている、もう人手は要らない〟などと言われては、無念だからな」

これで何度目の、別れだろう。

「で、いつ、帰ってくるのさ」

男の目が瞬いた。

「珍しいな、おまえがさようなことを尋ねるなんぞ」

「いや、さ。あたしもそろそろ、隠居しようと思ってるから。これまでのように、すぐには銭、貸してやれなくなるかもしれないって、言っておこうと思って」

何を言っているのか。

己で歯がゆくなる。本当に言いたいのは、そうじゃない。

言わなくては。今。

萩野は思いきり息を吸った。

「おまえさんさえ良けりゃ、次に戻ってきたら、どこかで隠居暮らし、いっしょにしないかい？」

やっと言えた。そう、これが言いたかったのだ。

男はこれまでに見たことのない顔を見せた。

「ありがたいな、そりゃあ」

もっと悪態を吐(つ)いてくるのかと思ったのに、存外素直に、うれしそうに目を瞬(しばたた)く。

「よし。帰ってくる楽しみが増えた。あ、そうだ」

男が懐から小さな紙包みを取り出し、無骨な指で開いた。中から、濃い紅に萩が浮き彫りになった小さな櫛(くし)が現れた。

「これ、おまえに。堆朱(ついしゅ)って言うんだ」

「堆朱って、それ、漆だろう？」

富子(とみこ)に教わったことがある。かなり高価な品のはずだ。

「ああ。歯が滑らかで、きれいに梳(す)けるそうだ」

「ありがと。でも、なんだか、あたしみたいな大年増に、もったいないようだね」

「何言ってるんだ、春を売る女を束ねるのが生業(なりわい)のくせに。いくつになったって、身を構わなくなったら女はおしまいだろう、おまえの商売は」

「まあ、それはそうだけど」

それからあと何を話したのか、萩野はほとんど思い出せない。

ことさらに別れを惜しむこともなく、常のごとく、ふらりとあっさり、「じゃ」「ああ」などと言って、別れたのだろう。「貸した銭は、ちゃんと返してよ」などと、ことさらに商売の話を持ち出して、念を押したりして。

——待ってる。

肝心なことを言わなかったと気づいたのは、背中を見送ってからだった。さらに言えば、もっと肝心なことを聞かぬままだった。それに気づいたのは、もっとずっとあとだった。

聞くべきだったのに。大切な問いの答えを。

「いつ帰ってくる」と。

一

永禄(えいろく)二(1559)年二月——。

「堪忍してください、堪忍……」

「このアマ。逃げられると思ったか……。お館(やかた)さま、どうします?」

「そうだねえ。本当なら罰として婢女(はしため)に売るところだが……。でもこの子はまだ稼げそうだし、もったいないねえ。まあ、例の印、付けてやることにしようか」

四条、鴨川の西岸にある「春日屋(かすがや)」は、京で遊女を抱える数ある見世(みせ)のうちでも、このあたりで一、二を争う茶屋である。

その奥向き、客には決して見せぬ内証の土間に、鉄気（かなけ）の物の焼ける臭いが強く立ち上った。

「猿轡（さるぐつわ）、しておやんな。表に悲鳴が聞こえるといけない」

女主人の山吹（やまぶき）が、気だるそうな声で若い男衆（おとこし）に命じているのが聞こえてきた。

――しょうがないねえ。

脇の小座敷にいた萩野は、その気配をただ黙って聞いていた。先代の女主人で、今は隠居の身の上だ。二代目を継いだ山吹の言うことが、今ではこの家のすべてだから、女手一つ、一代でこの見世を築き上げて、「御前（ごぜん）」と呼ばれる萩野といえども、ここで口出しをすることはしない。

――桔梗（ききょう）。馬鹿な子だ。

ここから逃げようだなんて。もう少し見込みのある子だと思っていたのに。

一度女郎になった女が店を逃げ出して身一つになったら、ここの抱えの女郎でいるより、ほぼ間違いなく、ずっと痛い目に遭うだろう。なぜそのことを考えてみなかったのか。

春日屋は女郎のしつけには厳しいが、その分、ちゃんとつとめる者に、無茶はさせない。

無茶をさせている見世の女郎は、どうしても気性がやさぐれる。やさぐれた女郎には、やはりやさぐれた客が寄ってくる。

上客を集めようと思えば、見栄えや芸と同じくらい、女郎の気質も大切だ。萩野が他の見世より多めに男衆を置いて、客の振る舞いや女郎の怪我や病に気をつけさせているのは、春日屋の格を保つためである。

苦界、籠の鳥。ここへ来た者たちのほとんどは、借金の形や口減らしなど、いわば身内の命をつなぐために、己の身を沈めた者たちだ。時に、贄や人柱に喩える人もいる。ただ、唯一の救いは、命長らえてここから出る道が、まったく閉ざされているわけではないことだ。

お大尽に身請けされて、思わぬ富貴をつかむ者もある。そこまでの幸運でなくとも、上手に身を凌いで年季までつとめ、引き金で小商売なぞ始める才覚でもあれば、そこそこ安穏に暮らしていく例も、決して少なくはない。

一時の気の迷いで、さような行く末への道が遠くなるのはもったいないと、なぜ思い巡らせなかったか。

「あんまり強くやっちゃいけないよ。くっきりと痕が付くくらいがちょうど良い」

山吹が指図をする声。じっ、という音が二度。それに被さるように、くぐもった女の悲鳴がえんえんと続いた。

――ヤなもんだ。何度出くわしても。

人の皮の焼ける臭い。ほんのちょっとではあっても、他の臭いとの違いを、鼻が嗅ぎ分ける。

桔梗はどうやら気を失ってしまったらしい。

「足抜けなんて企むくらいだから、もっと肝が据わっているかと思ったのに。しょうがないねえ」

山吹がふんとあざ笑った。

これまでの仕打ちの臭いを消し去るかのように、伽羅の香が漂ってきた。山吹のお気に入りだが、いつものより上等そうな、品良く立ち上って、そこはかとなく広がる香だ。堺の商人からでも巻き上げたものであろうか。

「山吹。その子、こっちへ運んでおやり。あとはあたしが面倒みよう」

「あら母さま、良いの？　じゃお願いします。さ、御前のお部屋へ運んでやって」

山吹は萩野の実子ではない。もともとは、さっき折檻されていた桔梗と同じように、春日屋で客を取る女郎だった。

顔立ちは整って美しい。されど、決して売れっ妓というわけではなかった。

いつもどこか冷めた目をして、およそ客に媚を売らないのを、面白がってくれる幾人かのなじみ客はあったものの、たいていの男が女郎に求めるのはやはり愛嬌だから、稼ぎ頭にはなれなかった。

ただ、茶屋という看板のもと、表家業として女郎屋、裏では金貸しと、二つの生業で世を渡ってきた萩野が、築き上げた身代を誰かに任せようと思った時に、もっとも見込みがあると思ったのが、山吹だった。

山吹は、元は武家の出である。父親が早く亡くなって、本来家督を継ぐべき幼い弟が、叔父やら従兄弟やらにないがしろにされるのをなんとかしようと、訴訟の費用を工面するため、みずから春日屋へ「我が身を高く買ってくれ」と談判に来たあたりから、萩野は山吹の強い気性に目を付けていた。

果たして、山吹を主人見習いにして、少しずつ内証の事柄を仕込み、やがて店を任せるようになると、春日屋は萩野が仕切っていた頃よりさらにはやった。

それを見届けて、正式に養女、二代目として披露目をしたのが、今からもう二十年近く前のことである。訴訟の方は大金を費やしたにもかかわらず、残念ながら不首尾に終わったようで、山吹の弟は今、春日屋で帳場を預かってくれている。気の毒だったが、萩野にとってはむしろ好都合だった。

——ずいぶん生きてしまったこと。

山吹ももう五十路（いそじ）を越えたはずだ。そろそろ、三代目のことも決めるべきなのだろう。

——あたしは口出ししないよ。

こんな生業だ。人の不幸と欲とが混じり合う場所。一つが泡と消えても、他からいくらでも湧いてくるだろう。いずれにせよ、山吹が決めれば良いことである。

萩野は脇息に腕を預け、曲がった背中をいくらか伸ばすようにしながら、運ばれてきた桔梗を見た。

――おやおや。しっかり付けられてしまったね。

左頬と左の内股にそれぞれ、二筋の火傷。松葉の形の焼き印である。

脇にあった建水に茶巾を浸し、丁寧に絞ってから、むごく新しい印の上にそっと載せてやる。

「足抜け女郎は婢女に売る」のが、萩野が主人であった頃からの春日屋のならいであった。ただ、山吹の代になると、「まだ売れる」と品定めされた女郎に限り、「松葉にする」という新たなしきたりができた。

道具の柄などに焼き印を押して持ち主を区別するのは、どの生業でもよくあることだが、そうした鉄印の類を商う商人から、山吹が仕入れた知恵らしい。

顔や体に焼き印など付けられた女郎を、座敷に呼ぼうという客がいるものかと、萩野は最初思ったのだが、案に相違して、そうした「傷物」になった女郎の顔を近くで見たいという酔狂者は少なくない。あえて触れ広めたわけでもないのに、「春日屋の松葉」は今や、この界隈で粋人を気取りたい客がこそこそと噂を伝え合う、希少な買い物になっていた。

「顔の傷見て、身の上話をさせながら五合、次には裾を広げさせて、秘所に指を入れながら、うごめく松葉を見て五合。じっくりいたぶるのが良いんですよ」――いつだったか、松葉女郎が出たと聞くと好んで店に現れる、刀屋の狒々爺が酒の入った盃をちびちび舐めるようにしながらそう言っていたのを思い出して、思わず吐き気を催した。

――本当に、商売というものは。

何が、どこで、売れるか、売れないか。

人の欲というものは、分からぬものだ。

気を失っていた桔梗の口から、小さなうめき声が漏れた。正気が戻ってきたらしい。

「おっと。触っちゃだめだ」

火傷を負わされたところを手で触れようとするのを見て、萩野はその腕を押さえた。

「うっかり触ると、崩れて酷いことになっちまうよ。用心おし。今、薬塗ってやろう」

萩野は薬籠を違い棚から下ろした。

それを見た桔梗は、深々とため息を吐いた。まるでこの世の終わりとでも言いたげな、己の身を沈めるようなため息である。自分が松葉にされたことに、ようよう気づいたらしい。

「足抜けなんぞ企てるから」

まず頬の傷に竹のへらで膏薬を塗り、油紙を載せる。皺が寄って乾きがちな指に、油紙ががさがさと音を立てた。

さらに脚の方も手当をしてやると、桔梗はぽろぽろと涙をこぼして、「ああ、もう間に合わない、間に合わない」と呟いた。

「……どこへ、行くつもりだったんだい？」

そう問いかけると、桔梗はこちらの顔色を窺ってきた。

「だいじょうぶだよ。あたしはもう隠居だから。何を聞いたって、今のお館さまに言ったりしないよ」

自分も山吹同様、ずいぶん女たちを厳しく締め付けてきた。

隠居になったからといって、いまさら仏心を持とうというつもりはない。されど時折、山吹が自分よりもずっと手厳しい指図を女たちに下すのを見ると、気まぐれな慈悲心のようなものが雨だれみたいに落ちそうになることが、なくもない。

「お武家さんが……。いっしょに、自分の国へ行こうって。五条の橋の上で待ってるからって」

萩野は苦笑いした。女郎への口説きとしては、たいして面白くもない誘いだ。きっとその場限りのおためごかしだろう。

あるかなきか確かめようもない、男の言葉の実。色恋などという儚いもののために、己の身の代を賭けようなど、愚の骨頂である。

思わず鼻白んで、気のない返事をしてしまう。

「どこのお武家だい」

「東国……。えっと、駿河（するが）」

桔梗は確か京育ちのはずだ。東の国々の名など、どこがどこやら、きっと分かっていないにちがいない。

――駿河というと、今川（いまがわ）さまか。

駿河の守護、今川義元（よしもと）は、京でも知られた大名である。

「おまえさん、それ、信じたのかい」

萩野の口調に含まれた、軽い侮（あなど）り、嫌みに気づいたのだろう、桔梗の目が剣呑（けんのん）に光った。

「愚かとまでは言わないが。でも、男との縁なんて、これほど頼りない、儚いものはないじゃないか。そんなものに己の行く末、賭けちまって良いもんかね」

「御前は、何だってご自分の良いようになるし、何だって持っていなさるから、そう思うんでしょう」

思わず激しく言い返して、傷が痛んだのだろう、桔梗は左手を頬に当てながら、涙をさらにぽろぽろとこぼした。

――ご自分の良いように、か。

若い女郎から見れば、自分など極悪非道の守銭奴（しゅせんど）、情け容赦の無い鬼婆に見えるのだろう。

遥か昔、自分があの方をそう思ったように。

亡くなられてから、はや六十余年が過ぎた。

——御台（みだい）さま。

そろそろあたしも、そちらへ参りとうございます。またお目にかかれるでしょうか。

……雛女（ひなじょ）。

今一度、凛とした、あの声が聞きたい。

二

「総揚（そうあ）げじゃ、総揚げじゃ」

「ほうれ、みなで御礼申し上げるのじゃ、本日のお大尽さまに」

鼓（つつみ）の音、笛の音に合わせて、足を踏みならすような響きがする。合間合間に、女たちの嬌声が聞こえる。

——ずいぶん景気が良いようだね。

痛みと落胆とに苛（さいな）まれて眠ってしまった桔梗を部屋に残し、萩野は廊下をゆっくりと歩いて山吹の座敷を覗いた。

「母さま、桔梗の様子はどう？」

山吹が顔を向こうへ向けたまま尋ねた。紅を塗りおえたばかりの形の良い唇を鏡に映している。どうやら萩野の姿は鏡の中にあるらしい。

「今眠ってるよ。今日一日は休ませてやって、明日からまた見世へ出すんだね」

顔かたちの美しさはさほど衰えていないが、さすがに目尻や首の皺は、寄る年波を正直に数えているようだ。

「このところ松葉はいなかったから。伝わるときっとすぐに客が来るよ」

松葉になった女郎には、早めにまた客を取らせた方が良い。ものを考える隙を与えると、我が手で命を絶ちかねないからだ。

男なんてみな、金を落としてくれる財布だ。しっかりお稼ぎ。

あとで桔梗にはこう言ってやらねばなるまい。さっさと稼いで、一日も早く年季を終える。それだけを考えるようにと。

「あの、お館さま……。あ、御前もこちらでしたか」

男衆が一人、姿を見せた。

「何か用かい」

「へえ。お武家さんたちが、女たちを総揚げにして、河原芝居へ連れて行きたいと言ってますが」

「河原芝居？」

「中楽の一座が来ているとか」

中楽か。萩野は顔を顰めた。

昨今流行で、人気の一座も多い。四条河原の芝居に出るとなれば、中でも技のある者たちだろう。

ただ、萩野はあまり好きではなかった。

――どうも、中楽に出てくる女というのは。

誰も彼も生身の女のような気がしない。

男がいなくなった、子がいなくなったと言っては待つだけ、狂うだけ。

待つにも狂うにも、おあしがなくては過ごせまいに、どの女も霞でも食うているのかと思ってしまう。

自分で自分の口を養うことなど考えなくとも良い、品高き人々ばかりを主役にしているからだろうか。

されど、少なくとも、萩野の知っている品高きお方は、もっとずっとたくましきお方だった。無礼を承知で言えば、自分や、山吹と同じように。

そういえばあのお方は、「中楽に出てくる女は、みんな幽霊だからあれでいいのよ」

と仰せだった気がする。それならそうなのかもしれない。

「ふうん。花代さえきちんとくれれば構わないさ。ああでも、おまえさんたち、ちゃんと見張っておくれよ。そのまま国へ女たちを拐かされでもしたら困る」

山吹が男衆に向かって顎をしゃくった。

「へえ、それはもう」

男衆はそう返答したが、まだ何か言いたそうである。

「まだ何かあるの」

「それが、お館さまにも同道願いたいと」

「あたしに？」

山吹と萩野は、思わず互いの顔を見合わせた。

女郎たちのみならず、主人の山吹まで同座させて、「春日屋を買い切った」と世に示したいのだろう。いずこの田舎武士か知らぬが、なかなか智恵が回る。

「遠慮せずにお行き。留守はあたしがいるから」

「そう？　じゃ、そうさせてもらおうかしら」

山吹が紅繻子の打掛をゆるゆると翻して立ち上がった。まんざらでもなさそうに、己の立ち姿を鏡で確かめている。

「で、いずこのご家中なのさ、その威勢の良い……」

萩野の問いを遮るように、開いた扇を持ち、鼓の音に合わせた軽妙な足取りで、廊下を武士の一団が行列してくる。

「てぇ、ほぇ、て、ほ、え。てぇ、ほぇ、て、ほ、え……」

先頭に立っておどけているのは、小柄でよく日焼けした、猿のような顔をした男である。

——あれまあ、山だしが。

よく見ると、後ろからついて来ている武士の中には、苦虫を嚙みつぶしたような渋面で、お座なりに歩いているだけの者もいる。どうやら一人のお調子者が、一団を牛耳っているらしい。

「さ、女ども、みなついて参るが良いぞ。今のうちによくよく、我が家中と誼を通じておくのじゃ。我が殿さまはいずれ、天下を取るお方であるよって」

座敷から立ってきた女郎たちが「あれあれ、たいそうな放言」「天下取りですって、ほら吹きにもほどが」などと笑いさざめいている。

男は近づいてくると、山吹の手を取った。

「さ、山吹どの。参りましょうぞ」

日ごろはたやすく男に手を任せるような山吹ではないのに、つい勢いに飲まれたようだ。

——面白い男だこと。

一応武士らしい格好はしているが、実のところ、役目は主君のご機嫌取りなのだろうか。

「おやおや、萩御前さまもこちらに。どうですかご一緒に」

男がもう一方の手で、萩野の手まで取ろうとする。「いやいや、この婆はもう遠慮いたしますよ」と退散するので精一杯だった。

——名を知っていたな。

女郎たちはともかく、山吹と萩野の名もかねて調べた上で来ているとすれば、智恵のみならず、用意も周到である。

結局、前後を男衆たちに守らせながら、武士と女郎がそれぞれ手を組んで出かけていき、春日屋はしんと静かになった。

「ずいぶんご陽気だね。どこのご家中だい」

留守に残った男衆に尋ねると「尾張の織田三郎信長さまのご家来衆だそうです。織田さまは、将軍さまにお目通りにいらしたのだとか」との返答だった。

——尾張の織田か。

たかが田舎の守護代が、「天下を取る」などとは、放言も過ぎるようだ。それにそもそも、天下とは本来、将軍が握っているものだろうに。

とはいえ、確かに萩野の知っている将軍というのは代々、武家の棟梁だというのに、京に落ち着いて住まうことさえもままならない人々だから、あのような放言をする不埒(ふらち)者が現れても、やむを得ぬのかも知れぬ。

今のこの世の有様を御台さまが見たら、いったいなんと仰(おお)せになるだろう。

……誰も、宿世(すくせ)にはあらがえぬもの。

さりとてそれは、あらがってみたことのある者にしか、分からぬものじゃ。

三

御台所(みだいどころ)と言えば、将軍の正室を指す言葉だから、代々それぞれに、御台所がいるはずだ。今の将軍は確か足利(あしかが)の十三代目だと聞いている。

とはいえ、京の者にとって、御台所と言って真っ先に思いつくのは、やはりあのお方――八代将軍の正室であった、日野(ひの)富子を置いて他になかろう。

強欲で勘定高い希代の悪女、京を焼け野原にした、長きにわたる戦乱の元凶を作った女と、亡くなって既に六十余年を経た今でさえ、口を極めて罵(ののし)る人も少なくない。

女郎屋の女隠居の萩野が、実は富子と浅からぬ由縁(ゆかり)を持つ身であると言っても、今は誰も信じてはくれまい。ただ、仮に信じる人があったとして、では本当の富子はいかなる女だったかと問われたら――萩野は正直、返答に困る。

萩野の知っているのは、もう息子の義尚にも、夫の義政にも先立たれて、尼になったあとの富子だ。

……雛女。

落ち着いた声の女だった、ということだけは、答えられる。

父が行き方知れずになり、母が亡くなり、売られた女郎屋から身一つで逃げ出したものの、行く当てどころか、その日の食べ物の当てさえもなくなった十二歳の自分。母が念仏のように言っていた「悪いのは将軍の御台所だ」を真に受けて、道行く旅人の懐からかすめとった小刀を手に、富子が住まうと聞いた小川御所で、それらしい車が出てくるのを執念く待ち続けて――。

今思えばなんと愚かなことをしたものかと思う。捕まって殺されても構わぬとまでの覚悟が、果たしてあのときの自分に、あったものかどうか。

されど、富子は自分を罰しなかった。

真に仇を討ちたいのなら、この富子から銭を巻き上げてみよ――そう言ったのだ。

「そなた、名はなんと申す」

「ひな」

「そう、ひな。……では雛女と呼ぼう」

奇妙な、されど今思えば、楽しく有り難い日々の始まりだった。

何を、どこで、どう仕入れて、どう売るか。やってみて、利はどれほど出たか。損や無駄がどれほど出たか。

富子は雛女に元手を「貸す」と言い渡して、小商売をさせ、いちいちを細かく書面で上申させた。それまで文字の読み書きも銭の勘定もおぼつかなかった雛女を、時に厳しく叱りつけたりしながら、面倒がらずに仕込んでくれたのは富子だった。

女郎屋の多い界隈での花売りから始めて、櫛や笄などの値の張るものを段々と手がけた。一人ではとても回らなくなると、人を使うことも教えてくれた。

「そなた、まだ若いゆえ、侮られやすい。年齢を思い切って、上に偽っておけ」――そう言われて、本当はまだ十四歳だったのに、二十二歳と偽って小さな店を構え、名前も萩野と改めるところまでこぎ着けた頃、富子に連れられて、中楽を見物したことがあった。

……三年の秋の夢ならば　憂きはそのまま覚めもせで、

思い出は身に残り　昔は変わり跡もなし。

主役は確か、西国の女だったか。

夫が訴訟で都へ行ったまま、何年も帰ってこないのを嘆いた挙げ句、そのまま死んでしまうという暗い話で、正直雛女にはあまり、面白さが分からなかった。

死んだ女は幽霊になって出て来て、夫にさんざん恨み言を言うのだが、夫が懸命に法(ほ)華経(けきょう)を読み上げると、やがて成仏していく。

——そんなことで成仏するくらいなら。

なぜ生きている時にもっと、己の力でどうにかしようと考えなかったのか。

ついそんなふうに思って、あくびをかみ殺したりしていた。

唯一、面白いなと思ったのは、女が夫への恋しさや長らく会えぬ恨みを、砧(きぬた)の音で伝えようとしていたことだった。しかも、この曲の題そのものが〈砧〉というらしい。

砧と言えば、絹を打って柔らかくし、また艶を出すために使う、小さな木の槌(つち)で、誰もが暮らしに使うありふれた道具だ。

さようなありふれた道具の音が、申楽の中で意味深げに扱われていたのが、雛女には珍しかったのだが、曲の後半、その砧のせいで、妻が地獄の番人に「妄執が深い」と咎(とが)められ、鞭(むち)打たれるという筋には、到底得心できぬものがあった。

ただ、つまらなそうにしていた雛女をよそに、たびたび、袖で目を覆(おお)っていた富子の姿が、今思えば忘れられぬ思い出である。

……打ちし砧の声のうち、開くる法の華心、菩提の種となりにけり。

曲が終わった時、富子はぼそりと「羨ましきこと」と言った。

聞き間違いではない。

確かに、あのとき、そう聞こえたのだ。

——なぜだろう。

疑問は、今も解けぬままだ。

その中楽からしばらくして、萩野は富子にこう尋ねられた。

「そなた。今、いくらでも好きにできる金があったら、何を買う」

かような折、即答をせぬと、富子は機嫌を損ねる。

「女郎屋を」

「ほう。それはなにゆえか」

「春を売る場所は、世の中の欲が一番よく見える場所でございますから」

萩野の答えを聞いて、富子はからからと明るい笑い声を立てた。

そうして本当に、この店を買ってくれた。前の持ち主が金に詰まって、女郎や男衆ごと、密かに売り先を探していたと、あとから聞いた。

「形見分けじゃ。屋号は春日屋といたせ」との言葉と、「萩野は我が由縁の者であり、身元は大慈院が引き受ける」との書き付けをもらったのを最後に、萩野は富子に会えなくなった。

亡くなったと知ったのは、それから二ヶ月ほど後のことだ。

恩人——などという言葉では到底語り尽くせぬ、たくましきお方。

〈砧〉の女の、何が羨ましかったのだろうか。

四

春日屋の女主人となってからの萩野が、何もかもうまくやってこられたわけでは、もちろんない。

信じていた番頭に金を持ち逃げされたり、買った女郎を巡って他の店の主人と揉めたり、金を貸さなかった田舎大名の恨みを買って店を打ち壊されそうになったり——肝を冷やしたことを数えればきりがない。

そのたびごとに、富子に学んだ智恵を用いて、なんとか凌いできた。智恵のみならず、富子が遺してくれた書き付けをちらつかせ、タチの悪い脅しから辛うじて逃れたことも一度や二度ではなかった。

新三郎に初めて出会ったのは——本当はそれが初めてではなかったのだが——春日屋

の主人になって二年ほど経った時だった。

「お館さま。かような書状を持った者が来ていますが」

男衆の一人が取り次いで来たのは、大慈院の尼御前——富子の娘である——の名のある書状で、「寺にはいささか由縁の者ゆえ、いくらか用立ててやってほしい」とあった。

表向きはあくまで女郎屋で、金貸しの方は、金額の多寡にかかわらず、確かな仲立ちのある者しか相手にしないのが萩野のやり方だった。

「分かった。お通しせよ」

入ってきたのは、少し猫背気味の、背のひょろっと高い痩せた若い男だった。

「ご主人に会いに来たんだが」

「主人はあたしですけど」

萩野からはじめて金を借りようという客とは、たいていかような挨拶になる。戸惑う男に構わず、萩野は金の使い道と欲しい金額、返済ができない時のための質物を尋ねた。

——鉱山掘りか。

「京の近くでも銀や銅が出たりするのか？」

「ああ。あ、でも、それ以上は尋ねないでくれ」

「なぜ」

「うかつにしゃべると、今後の生業に差し障る。いろんな御仁が絡んでるんでね」

なるほど、それはそうだろう。

自身の支配地から銀や銅が出ると分かれば、大名は目の色を変えるに違いない。

「狙ったとおりに出りゃあ、必ず銭は利息ともども、耳を揃えて返す。出ない時は、これを」

男が差し出したのは、二振りの刀だった。見事な金拵えで、九曜巴の紋が小さくあしらわれている。

――これは確か……。

越後の長尾氏か。佐渡には金の採れる山があると聞いたことはあるが。

――面白い。

萩野は男の望みどおり、銭を用立ててやった。

新三郎と名乗ったその山師は、半年ほどすると約束通り、金を返しに来た。

「あんたもしかして、昔、五条橋で花、売ってやしなかったか」

出し抜けにそう問われて、萩野は返答に迷った。

「え？　ああ、まあ、そんな頃もあったかな。でもなぜ、さようなことを」

「やっぱりそうか。いや、あの時は悪かったな。花、潰しちまって」

「花を潰した？」

「曳いていた馬が暴れ出してな。女の子が売ってた花、蹴散らしてしまったことがあったんだ」

「そう……。まあ、よくある事だから。いちいち覚えていないよ。まあでも、覚えててくれてありがとう」

「へえ。しかし、道ばたで花売りしてた女の子が、こんな店の主人になっているなんて、おまえさんよっぽど才覚があるんだな」

　女の子と言われて、萩野は面映ゆさをごまかそうと手を打ち鳴らし、男衆に茶を淹れてくるよう言いつけ、話を変えた。

「こう見事に耳を揃えて返してくれたところを見ると、山は当たったってことかい」

「ああ。まあまあかな。あまり大きな鉱脈じゃなさそうだから、長居するより、次を探す方が良かろうと思って退いてきた。引き際も肝心なのさ」

あの時は田舎から出て来たばかりで、右も左も分からなそうだったのに、いっぱしの男になったらしい。

新三郎のことを覚えていないと言ったのは、嘘だった。本当は、はじめに金を借りにきた時から、「もしや」と思っていた。ただこちらから昔のことを切り出して、銭の貸し借りに情が絡むようなことになるのを避けたくて、聞かなかったのだ。

というのは、まあ表向きの理由で、さらに実を言えば、新三郎の方でまるで覚えていなかったら悔しくて残念だと思ってしまったからである。

覚えていてくれた上に、花を潰したことはわびても、酔っ払いの侍から花代を取り立ててくれた話を自分からしなかった新三郎の人柄に、萩野は密かに、心惹（ひ）かれるところがあった。

新三郎の方でも、女だてらに女郎屋や金貸しを営む萩野に興味を惹かれたようで、以来二人は時折、互いの生業の話をぽつりぽつり、打ち明け合うようになった。

「これまでに行ったのは、陸奥（むつ）に、下野（しもつけ）、それから常陸（ひたち）……」

行ったこともない東国の話は面白かった。また新三郎が一度も女郎屋の客になろうとしないのも、萩野としては心やすいところで、男女の仲になるのにさほど時はかからなかった。

京を離れ、どこかの山へ出かけて三月、半年、どうかすると一年。そうしてふらっと戻ってきては、萩野のもとに現れ、またしばらくするといなくなる。時によっては、萩野から銭を借りていく。

出かけた山の都合によっては、返済が遅れることはままあったが、さような折は必ず遅れた分の利息まで付けて返してくれたから、貸し倒れになったことは一切無い。

そんな間柄が続いていたある日、新三郎が萩野の顔を見ながらしみじみ、「本当に面白い女だ」と言った。

「夫婦（めおと）になろうとか、いつ帰ってくるとか、一切言わないんだな」

そんなこと、考えたこともない。ずっと独り身で通してきた女郎屋の女主人が、今更誰かの女房になるというのも、そぐわぬものだ。

「他に女がいるのかとか、気にもしないみたいだし」

「なんだ、妬（や）いてほしいのかい、柄にもない。それならおまえだって、自分が京にいない間、あたしがどうしているか、気にならないのだろう」

新三郎は少しだけ口の端を上げて、「ふふん」と笑った。

つかず離れず、互いに負い目もない、潔い仲。

かような男女があっても良いと、日々、遊女と客の明け暮れを見ていると思ってしまう。

「こたびは、ちょっと長くなるかもしれない」

新三郎がそう言ったのは、萩野が「もうそろそろ、店のこれからを、誰かに譲る道筋を付けた方がいいかもしれない」と思い始めた頃だった。

「どこへ行くんだい、今度は」

「石見（いわみ）だ。博多の商人が乗り込んで、銀の新しい採り方を始めたという噂を聞き込んだ。どうにか潜り込んでみたい」

そう言って、新三郎は今までよりも少し多めの銭を、萩野から借りていった。

「ちゃんと、返しにきておくれよ」

　こたびは西国か。

　京から出たことのない萩野には西も東も、その道のりの遥かさも分からないが。

　――隠居暮らしを、いっしょに――。

　互いの行く末について、はじめて約束して、見送った。

　それっきり、新三郎は帰って来ない。

　――銭、返しておくれよ。

　何の便りもよこさないなんて、ひどいじゃないか。

　〈砧〉の女は三年待った。そうして、「まだ帰れない」と便りが来たところで、狂い死にした。

　――三十年だよ、新三郎。

　いっしょに行けば良かったのだろうか。

　しかし、あの頃の自分には、生業を手放し、男について京を離れていくなどということは、思いも付かぬ道だったのだから、いまさら言うても詮無(せんな)きことだ。

　それは新三郎も同じだったはずだ。一度たりとも、「いっしょに来ないか」と言ってきたことはなかったのだから。

　ただただ、京でまた会える、新三郎は必ず帰ってくると、何も疑わず、信じていたただけのことだ。

他の女に心を移したのか、それとも、その身に何かあったのか。

今となっては、確かめる術はない。いや、さようなことを確かめる術など、古来、この世にあった例はないのだ。

――あたしがもし砧を打ったら。

新三郎は、どこかで念仏を唱えてくれるだろうか。

結

いつの間にか、脇息にもたれてうとうとしていたらしい。顔を上げた萩野は、自分の襟元がよだれで湿っているのに気づいた。

――嫌なものだ、歳を取るとは。

気をつけていても、どうしても身の周りに油断が出る。かようなところ、間違っても女郎たちに見せられるものではない。

誰も戻らぬうちに着替えようと立ちかけて、寝かされていたはずの桔梗の姿がないことに気づいた。

――まさか。

土間へ足を下ろそうとしたが、昨日下ろしたばかりの、新しい草履が見当たらない。鼻緒が切れて泥だらけになった、桔梗の草履がうち捨てられている。

――上等じゃないか。

あたしのを盗んでいくとは。

萩野の草履を履き、人目を忍びつつ、河原に枝を伸ばす多くの松の間を懸命に走り抜けていく桔梗の姿が思い浮かんだ。

「誰か」と声を上げようとして、やめた。

――行けばいい。そんなに行きたいなら。

萩野が今誰かに告げずとも、五条橋までたどり着く前に、男衆に見つかってしまうかもしれぬ。

橋へたどり着いたところで、今川のご家中とやらのお武家はもういないかも、いや、最初から待ってなどいないかもしれぬ。

よしんば、お武家と会えたところで、東海道を進むうちに、いずこかで女郎か婢女に売られるかもしれぬ。

あるいは……。

女子ひとり、生きる行く手に待つ災いを思い浮かべればきりがない。それでも、今、行きたいと言うのなら。

足抜けを企てる女郎が無茶なら、天下の御台所を刺そうとした小娘は、言いようもなく、無茶にもほどがある。

――行けばいい。

頼るのは、神仏の加護か、己の運か。

智恵と才覚、あるいは、銭か。

それとも、ただただ、男の心か。

いずれでもいい。いずれでなくともいい。

――行けばいい。己の脚で。

うっかり粗相してしまった小袖を脱ぎ、新しいのを羽織る。鏡をのぞくと、皺の中に目ばかりぎょろっとさせた婆がいた。

五十年も生きれば長寿と言われる世で、何の因果か、長生きしたいと願ったわけでもないのに、七十を越えてしまった。富子が死んだ時、確か五十七か八かだったと聞いているから、それを遥かに上回ってしまったことになる。

白く薄く、そそけだった髪。せめて少しは撫でつけようかと、道具箱を開けた。

「これは……」

深い紅に、浮き出た萩。

新三郎のことを忘れようと思った頃、この櫛も道具箱から紛失してしまった。当座ずいぶん探したのだが、どこからも出ては来なかった。

どこかに置き忘れでもして、そのまま誰かに盗られてしまったのだろうと、諦めていたのだったが。

──やっと、帰って来たか。

そそけた髪に、櫛をそっと入れた。

滑らかな漆の感触が、皺だらけの肌にひたりと添っていく。

萩野の体は、ゆっくりと前にのめっていった。

君が愛せし綾藺笠(あやいがさ)　落ちにけり落ちにけり
賀茂川に川中に　それを求むと尋ぬとせしほどに
明けにけり明けにけり　さらさらさやけの秋の夜は

遊びをせんとや生まれけむ　戯れせんとや生まれけん
遊ぶ子どもの声聞けば　我が身さへこそ揺るがるれ

主要参考文献

横井清『東山文化』平凡社ライブラリー
横井清『中世民衆の生活文化』（上・中・下）講談社学術文庫
今谷明『籤引き将軍足利義教』講談社選書メチエ
今谷明『戦国時代の貴族』講談社学術文庫
東島誠『自由にしてケシカラン人々の世紀』講談社選書メチエ
網野善彦『中世の非人と遊女』講談社学術文庫
田端泰子『女人政治の中世』講談社現代新書
吉村貞司『日野富子』中公新書
桜井英治『室町人の精神』講談社学術文庫
ドナルド・キーン著作集第七巻『足利義政と銀閣寺』新潮社
河合正治『足利義政と東山文化』清水書院
森田恭二『足利義政の研究』和泉書院
京都市編『京都の歴史3　近世の胎動』學藝書林
赤松俊秀、川上貢／文　入江泰吉／写真『金閣と銀閣』淡交新社

伊藤ていじ／文　山本建三／写真『枯山水』淡交社
日本名建築写真選集11『金閣寺・銀閣寺』新潮社

巻頭・巻末引用：梁塵秘抄

奥山景布子

1966年生まれ。名古屋大学大学院博士課程修了。文学博士。教員を経て作家に。2018年に『葵の残葉』で第37回新田次郎文学賞と第8回本屋が選ぶ時代小説大賞。

近藤サト

1968年生まれ。日本大学芸術学部放送学科を卒業後、フジテレビにアナウンサーとして入社。98年に退社し、フリーに。美しい「グレイヘア」でも知られる。

近藤　『浄土双六』、たいへん面白く、時にぞくぞくしながら読みました。奥山さんといえば、江戸時代を舞台にした作品や、もともと源氏物語の研究をされていた方、という印象が強かったのですが、今回は、室町時代が舞台で……。

奥山　室町時代、人気がないですよね（笑）。

近藤　そうなんです！　正直に申しまして「室町」というのはどうにも馴染みが薄い。今回、このお話をいただいて、私はあわてて図書館に走りました。読者として楽しむだけじゃなく、少しは歴史的な背景を知らなければ、と思いまして。そうしたらやはり、ほかの時代にくらべて、わかりやすい資料というのが少ないのですよね。まずお聞きしたいのですが、なぜ、室町を舞台に選んだのでしょうか。

奥山　私自身は、テーマを決めるときに、あまり何時代が良いとかを考えていないんです。史料を読んで、その人物が魅力的なら、いつの時代であっても飛び込んでいって、書きたくなる。もとが研究者なのでその辺は図々しくて、「調べればなんとかなるだろう」と思ってしまうんです。

近藤　だとすると、今回、さいしょに魅力的だと感じた人物は……。

奥山　今参局ですね。

近藤　やっぱり！　彼女を描いた「乳を裂く女」は強烈な印象でした。

奥山　彼女は自刃した最初の女性として史料に記されているんです。それで気になって調べてみたのですが、あまり詳しい史料が残っていないんですよね。

近藤　そうなんです。私は六篇のなかで今参局がもっとも気になって、図書館でも彼女の資料を探したのですが、これがなかなか、見つからない。

奥山　そこがかえって面白い。史実Aと史実Bの間の、この部分の史料がない、となったときに、「よし、じゃあ、ここを書こう！　この間の部分こそが、私のフィールドだ！」とスイッチが入るんです。歴史小説にも様々な描き方があると思いますが、私は、史実にはなるべく添いたい。読んで興味をもってくれた人に、ちょっと調べたくらいで嘘ってばれるものは書きたくない。私は史実に反していない範囲で、できる限り面白いものを描きたいと思っています。

近藤　図書館でみつけた資料を念頭に『浄土双六』を読みかえすと、まさに、AとBの間に、登場人物たちの生々しい物語が描かれている。いま、お話を伺って、すごく腑に落ちました。今参局のあの激しい人物像、それは史料と史料の間を、奥山さんの筆で紡いだからこそ、ですね。今参局は、八代将軍・足利義政の乳母であり、かつ側女だった。いまの感覚からすると、もうそれだけですさまじい。

奥山　歴史の先生による論文だったかエッセイだったか……、彼女は〝義政の側近のひとりであったことは間違いないが、側室なのか乳母なのか判然としない〟とあったんです。それを読んで私は、いやいやいや、乳母と愛人の両方に決まっているでしょ、と思ったんです。文学作品では、乳母が身分の高い男性の初体験を手ほどきするのは、さほど珍しい話ではなくて。歴史の先生は文学作品の、ある意味下世話なところはご覧にならないのかもしれないですね。

近藤　奥山さんは国文学が専門の研究者でもいらしたから……。

奥山　ええ。かつ、今参局は権力も握っていた女性。これは面白い！と思いました。

近藤　読んでいて、誰が印象に残ったかといったら、ぜったいに今参局でした。義政をめぐる日野富子との闘いがあからさまなのがまた、魅力的でした。

何よりも、罪人輿の中、胸中でつぶやく「私が、何をしたと。」という言葉。まだ「序」の場面なのですが、ここで、私はぞくぞくして、今参局という女性の情念を感じるとともに、激動のラストへの期待を膨らませました。彼女が政治に介入していた、というのは事実なのでしょうか。

奥山　そのようですね。これだけ将軍に気に入られると、それを利用しようとする人たちが出てくるのは、世の常です。一生懸命にお殿さまに仕えているだけのつもりが、陳情をきいたり、仲立ちをしたりしている間に、だんだんとそれが自分の権力になっていく。だけど、人間、知らぬ間に権力をもつほど怖いことってないでしょう?

近藤　「三魔」の一角だと京のあちこちに落書されるほどの存在に至る。彼女はその時、自分は昇りつめたと思ったのか、こんなつもりはなかったと思ったのか——。

奥山　そこはせめぎ合うと思います。

近藤　この落書の直後にいよいよ富子が輿入れしてくる。

奥山　大切に育て、長じては恋人でもあった義政。自分が手なずけた侍女たちが愛されるのはいいけれど、富子は自分とは格が違う上に、キャラクターもまったく違う。富子の登場で、今参局の立場は変化していくわけです。彼女にしてみれば、いちばん大事な男性を奪われて、怨念が膨らんでいくところだと思います。

近藤　輿入れしてきた富子と今参局がはじめて会うシーン。ここで、今参局は富子の「自分より優位に立つ者の存在など、毛筋ほども疑ったことのなさそうな笑い声」に嫉妬の炎が生まれてしまう。

奥山　今参局には、対抗心をもっていることすら悟られたくないという高いプライドが本当はあったのだろうと思います。自分は所詮、乳母だ、それはきちんと理解している、私は弁えた女だ、という強い自制心と高い自尊心。

近藤　乳母は、所詮、ですか。

奥山　そこは仕方がないんです。家の格が違いますから。

近藤　ふたりの章のタイトルも対照的です。官能的な「乳を裂く女」に対して、富子は「銭を遣う女」。〝金〟でもなく〝銭〟！

奥山　ここはあえて、銭にしました。彼女は小さい銭でもコツコツ集める才覚がある。

最終的には大きなお金を握って動かすのだけれど、庶民を相手に、取れるところからちょっとずつ取る方法を思いつく知恵がある。地に足のついた計算高さがあって、それが面白いと思ったんです。だから、銭！

近藤　有名なのは、圧倒的に富子。でも、そのドラマチックさに惹かれるのは今参局です。このふたりの対立を、それこそ大河ドラマで見てみたい！

奥山　いいですねえ。

近藤　義政も、もちろん出して、俳優さんはどなたに？と想像が広がります（笑）。それにしても、足利の将軍がこんなにキャラ立ちしていると思いませんでした。正直、尊氏と義満ぐらいしか覚えていない。義政も銀閣寺以外の印象がありませんでした。

奥山　四代目以降はあまり知られていないですよね。歴史好きでないと……。

近藤　驚きのキャラクターが「籤を引く男」の義教。自身が籤で第六代将軍に就いた腹いせに、他人様の運命を籤で決めてしまうという。

奥山　義教の名前はあまりなじみがないですよね。

近藤　これが史実なのがすごい。湯起請の残酷さときたら……。それ以外の所業もひどい滅茶苦茶なのですが、彼に惹かれる部分もあって。お前は将軍にはなれないんだと言われてお寺に出されて育つ。なのに35歳で突然、籤で将軍職に決まり、還俗させられる。心中は複雑であったろうと思います。奥山さんは、どう思ってお書きになりましたか？

奥山　ちょっとかわいそうだな、とは思いながら書いていました。彼も別の時代に生まれていたら、あるいは別のプロセスで将軍職についていたら、ちゃんとした将軍になれたかもしれないのに。

近藤　有名な尊氏と義満を入れなかったのは？

奥山　今参局からスタートしたことが大きいですね。今参局の最期に「私は、見とうございまする。上さまの行く末、御台さまのなさりよう」という言葉を吐かせたのです。あんな死に方をして、成仏するわけがない。亡霊としてさまよう彼女に義政や富子のその後を見せてやりたいと思ったんです。

近藤　私と奥山さんのご縁は、脚本を書いていただいた朗読劇がきっかけなのですが、『浄土双六』を読んだあとに今参局を朗読劇で演りたいと仲間に話したら、「あれ、かなり官能的だよね」という反応が（笑）。今参局の章はハードなセックスシーンもあります。あれは意図的にそうされたのですか？

奥山　乳母が愛人になるというのが、現代の読者には、エグく感じるのではないかと思って。だったら、乳母として仕えてきた主と閨（ねや）をともにするシーンをあえて克明に描いたほうが、〝エグさの享受〟として面白いのではないかと（笑）。

近藤　それは狙い通りに、存分にエグさを味わいました（笑）。義教の還俗に伴っての セックスシーンもありましたが、エグさでいったら、今参局がダントツ。自分が育てた若君に組み敷かれ、性的にもひどい扱いを受ける。

奥山 彼女の陰惨さを表すには、どうしても書かずにはいられませんでした。

近藤 あの濃密なふたりの関係性……閨もそうですし、何かというと今参局を呼んでは意見を聞いていたわけですよね、義政は。なのに、富子の訴えをうけてあっさりと島流しにしてしまう。その落差が……。奥山さんは義政をどう捉えましたか。

奥山 銀閣寺の図面をみたときに、ああ、これは人を寄せ付けない建物だなと感じたんですよね。銀閣寺には人と交流する場所、いわゆる「会所」がない。あれは義政の、己のためだけの御殿。金閣寺とは絶対的にコンセプトが違う。これを建てた義政はきっと、ひとのことはどうでもいい人物なんだな、と思っちゃったんですよね。幼いうちから、将軍家の跡取りとして周りがすべて過保護にお膳立てして、反面、規制もされて育ったからか、人間に対してものすごく冷たい。美しいものや景色には強く執着するのに、人間への情はない。だからこそ、お今の呪詛によって子が死んだと聞いて、さっさと島流しにしてしまった。

近藤 その冷たさは、作品からすごく伝わってきました。同時に、彼のウィークポイントは、父親への想いなのではないかとも感じて。父である義教とのちの義政である幼い三春丸の対面が、父、乳母、そして息子それぞれの章で違う視点から描かれている。緊張のあまり、消え入るような声であいさつをする息子を父は冷たくあしらいます。

奥山　将軍家に生まれたからには、血を継いでいかないといけない。つまり、父親に認められるのが己の存在意義なんです。やっとのことで実現したその父との対面で、あの顚末。おそらく、一生のトラウマになったであろうと。

近藤　義政の魅力って、どのあたりですかね？

奥山　……残念ながら、評価できるポイントがないのですよね。もちろん、いま我々が日本文化だと思っているものは多分に義政が寄与しています。結局、普請をするということは、絵も描かせないといけないし、庭も造らせないといけない。彼は、あの時代、最大のパトロンだったわけです。才能のある人をたくさん呼び集めて、お金をいっぱい使って銀閣寺を建てた。そういう意味では、文化的な貢献度はたいへんに高い。けれど……。

近藤　これ、たとえば江戸時代の円熟期ならともかく、世の中は飢饉で餓死者が出ている、たいへんな時代ですよね。

奥山　そう！　そこなんです。

近藤　奥山さんは、義政の大きな功績である、文化的な側面に対してもばっさりと切っている印象があって、あら……、お嫌いなのかしら？と思いながら読みました（笑）。

奥山　好きではないですねえ。

近藤　一篇目の「橋を架ける男」の冒頭も冒頭で、「民の心がいっそう、荒れてきたな。」と書いている。義政の治世というのは、こういう時代なんだよ、ということを読者にははっきりと示している。あそこで、すでに奥山さんは、義政のことを突き放したな、と感じました。いくらきれいなものをつくっても、御殿のそとには屍がつみあがってい

る、そんな世なんだと。

奥山　そこはきっちり書いておきたかった。恵まれた環境にいる人間が、その責を果たしていないと、腹が立つ性質（たち）なんです。政をすべき人間たちの失敗で、庶民が苦しんでいるその世相をきちんと知らせるために、願阿弥の章を書いた部分があります。

近藤　彼は実在のお坊さん。

奥山　そうです。私の理想のお坊さん。私欲を捨て、民衆に尽くす、智恵も行動力もある。けれど、彼の生い立ちなどの史料はなくて、そこに私は、彼にこういう幼い時代があったのだとしたら、と想像して書いたのがあの章です。

近藤　『浄土双六』の中で、彼は異質の存在です。義政も今参局も、将来に希望が感じられない中で、願阿弥の章は「先に光が見えまするぞ」と前向きなことばで閉じられています。語り口もちょっと説経節を思わせるような、ほかとは違った雰囲気です。

奥山　庶民の側に、光のある話を置きたかったんです。ひどい景色の中ではあるけれど、なんとか前を向いて生きていく。最初と最後に、庶民の話を置いて、そこに光を灯しておきたかった。

近藤　死体がごろごろ転がっている景色の中なのに、「橋を架ける男」は不思議と希望